麦克尤恩作品
Ian McEwan

儿童法案

The Children Act

〔英〕伊恩·麦克尤恩 著 郭国良 译

上海译文出版社

献给

雷·道兰

法庭在解决任何关涉……儿童养育问题时……应优先考虑该儿童的福祉。

《儿童法案》第一款(a)(1989年)

第一章

伦敦。法院第四开庭期[①]已届一周。六月的天气，躁闷难息。某个星期天晚上，菲奥娜·迈耶，一位高等法院法官，仰卧在家中的躺椅上，目光越过她那穿着袜子的双脚，看向房间的尽头，看向壁炉旁一小排嵌壁式书架，还有高窗旁一幅小小的沐浴者石版画，此画为雷诺阿所作，是她三十年前花了五十英镑买下的，十有八九是件赝品。石版画下面，一张胡桃木圆桌的中央有个蓝色花瓶。她不记得当初是怎么把它搞来的，也记不清最后一次在里面插花是什么时候了。壁炉也有一年没生火了。黑乎乎的雨点漫无规律地滴入炉栅，落在乱糟糟的泛黄的报纸上，发出嘀嗒嘀嗒的声响。一条布哈拉地毯平铺在宽宽的抛光地板上。在目所能及的边缘，一台小型卧式钢琴赫然而立，闪着漆黑的光芒，上面摆着一帧帧镶有银框的家庭相片。在她伸手可及、靠近躺椅的地板上，有一份判决书草案。菲奥娜仰天卧躺，祷盼这一切沉入海底。

她手中兑水的苏格兰威士忌已是她喝下的第二杯。此时她感觉晕乎乎的，仍然没有从与丈夫之间的不愉快中回过神来。她很少喝酒，不过兑水的泰斯卡威士忌倒不失为一大慰藉，让她觉得她也许可以走到房间那头的餐柜前倒上第三杯。威士忌少来点，水多掺点，因为她明天要上庭。况且，她现在是一名值班法官，需随时待命应对突发事件，即便是躺着静养也如此。她丈夫刚刚做了一个令人惊愕的声明，给她施加了难以承受的重负。这么多年来，她第一次厉声吼叫："你这个白痴！你这个混球的蠢货！"此刻，隐隐的回音依然在她的耳畔萦绕。自从少女时期在纽卡斯尔度过那段无忧无虑的时光以来，菲奥娜还没有这样破口大骂过，尽管她在法庭上听到当事人为了自圆其说而振振有辞，或者某位律师瞎掰风马牛不相及的法律条文时，骂人的粗话间或会闯入她的脑海。

就在一会儿前，菲奥娜气得喘不过气来，至少冲杰克咆哮了两次："你怎么敢这么干！"

虽然菲奥娜并非真的在问杰克，但杰克还是平静地接过

① 英国法院共有四个开庭期，第四开庭期为5月22日至6月12日。

话茬。“我必须这么干。我已经五十九岁了。这是我最后的机会。我的晚年也得有个盼头吧。”

自命矫情的说辞，而她却无言以对。她只是呆呆地盯着他，或许她还张着嘴巴。此刻她仰卧在躺椅上，终于做出反应，想将他一军：“五十九岁？杰克，你已六十岁啦！太可悲，真没品啊。”

然而，她其实只是有气无力地回应道：“太荒唐可笑了。”

“菲奥娜，我们上一次做爱是什么时候？”

什么时候？以前，当他心情凄戾或牢骚满腹的时候，就曾问过这个问题。但最近菲奥娜忙得不可开交，许多事情都记不起来了。家事法庭事务繁多，审理的案子奇奇怪怪，有些官司需特殊辩解，有的陈述真假参半，有的指控离奇古怪。家事法庭与其他法律部门一样，法官需要对案件条分缕析，对细节尽快吸收消化。上周，她审理了一对闹离婚的犹太夫妻递交的仲裁协议书：双方当事人对传统习俗认知不一，因而对如何教育自己的女儿起了争执。菲奥娜已拟就的判决书就放在身旁的地板上。明天，将有一个绝望的英国女人再次出现在她面前，这个女人身材瘦削，面色苍白，受过高等教育，有个五岁的女儿，尽管被告向法庭保证情况完全相反，但她确信女儿的父亲将要夺走她对女儿的抚养权。女孩的父亲是一位摩洛哥商人，也是一个恪守清规的穆斯林，正打算到摩洛哥首都拉巴特定居，开始新的生活。另外，还有关于孩子居住地的争论，关于房子、退休抚恤金、收入、遗产等的争论早已司空见惯。关涉资产较大的案件才由高等法院受理。通常，财富不能带来更大的幸福。夫妻俩很快就学会了法律新词汇，熟悉了漫长的打官司程序，恍惚地发现自己在与曾深爱过的人展开殊死搏斗。法庭文书中直呼教名的小男童小姑娘，忧心忡忡的小本小萨拉们，在台下等候，蜷缩在一起，而坐在他们上方顶层楼座里的父母们却争得死去活来，从家事法庭争到高等法院，从高等法院斗到最高法院。

所有这些悲伤的故事有着共同的主题，有其人类共性，但它们依然令她讶异入迷。她坚信她给无望的局面赋予了理性。整体而言，她是相信家庭法条款的。心情乐观之时，她觉得在法令中规定孩童的需求高于父母的需求，这是文明进步的重大标志。白天，她的日程排得满满的；近来，到了晚上，她要出席各式各样的晚宴，有时前往中殿律师学院参加退休同事的欢送会，有时在国王广场听舒伯特或斯克里亚宾的音乐会，一趟趟地乘出租车和地铁，去干洗店取送洗的衣物，有时还得替清洁女工患有孤独症的儿子起草寄给特殊学校的推荐信，忙完这一切才能上床睡觉。上一次做爱是什么时候？那一刻，她怎么也想不起来。

“我可没做记录。”

她丈夫摊开双手，表示他无需再多说什么。

她看着他走向房间那头，给他自己倒了一杯苏格兰威士忌，就是她现在喝的泰斯卡威士忌。近些日子以来，他看上去更挺拔了，行动也更加矫健。当他的后背转向她的时候，她突然升起一股凉飕飕的被遗弃的预感，有一种他为了一个年轻女人弃她而去的被羞辱的感觉，孤零零地、百无用处地被他抛在身后。她不知道自己是否应该就这样顺从他，干脆就遂他心愿算了，不，她马上抛弃了这个念头。

他已端着酒杯走回到她的面前。这一次他并没有像以往那样主动地给她递上一杯桑塞尔白葡萄酒。

“杰克，你想要干什么？”

“我想出轨。”

“你是想要离婚吧。”

“不。一切都和以前一样。我只是不想瞒你。”

“我不懂你的意思。”

“不，你明白的。你不是曾经跟我说过，老夫老妻想做兄妹吗？菲奥娜，我们已经到这阶段了。我已成了你的兄长。那很温馨很甜蜜，我也爱你，但我在一命呜呼之前想来一场惊天动地的恋爱。”

她诧异地倒吸了一口气，而他错认为她是在发笑，或许是在嘲笑他，于是他粗暴地说：“陶醉啊，简直心醉神迷，令人销魂呀。还记得吗？我要最后再来一次，即使你不想要。或许你也想要。”

她盯视着他，难以置信。

“好了，就这么回事。”

直到这时，她才总算能张口说话了，她骂他是个地地道道的白痴。她对传统的是非观有透彻的把握。就她所知，这个一直忠于婚姻的人竟然搞出这么个提议，简直更加令人发指。要么，假如过去他欺骗了她，那他也干得太高明了。她已经知道了那个女人的名字——梅勒妮。听上去与某种致命的皮肤癌的名称相差不远。她深知自己可能会因丈夫与这个二十八岁女统计员的桃色关系而被彻底遗忘。

“你敢这么做，我们就一刀两断。就这么简单。”

“你是在威胁我吗？”

“我是在庄严宣告。”

这时候菲奥娜已恢复镇静。显然，这件事情就这么简单。想要搞开放婚姻，那么婚前就得提出来，而不是在结婚三十五年之后。他不惜他们已拥有的一切，想重温短暂的肉欲刺激！当她尽力想象她自己也想要那样的东西时——“最后放纵一次”也是她第一次放纵——她能想到的只有分离、幽会、失望、不合时宜的电话。这可真是件苦差事啊：学会与某个新人同床共枕，别出心裁地情话绵绵，使出浑身解数装模作样。到头来，必得从中解套，务须开诚布公。最终，当她脱身之时，一切都不太一样了。不，她宁愿过一种不完美的生活，即她目前的生活。

可是，仰卧在躺椅上的菲奥娜，突然间觉得自己深深受了辱：为了寻欢作乐，他竟然不惜以她的痛苦为代价。残酷无情的家伙。她曾屡次目睹他为了行善而牺牲他人。而现在，这可真新鲜。到底什么变了呢？他双脚分开，笔挺而立，在为他自己倒一杯淡淡的麦芽酒，那只空着的手的手指随着脑中的曲调翩翩舞动，或许是一首与他人分享过的歌儿，但分享者并不是她。他在伤害她却不以为意——这可是前所未有的呀。一直以来，他都很和善，忠诚又和善，而和善——正如家事法庭日复一日所证明的那样——是做人不可或缺的要件。身为法官，她有权将一名孩童从他父母亲不仁的那一方手中转走，而她有时确实也这么干过。但是，她自己要与不仁的丈夫分手吗？在她孤寂凄凉、势单力薄之时，保护她的法官又在哪里呢?

他人的自怨自艾让她窘迫,所以此刻她绝不让自己沦落到那种地步。她在喝第三杯酒了。但她只是象征性地倒了一点点,并加了大量的水,然后端着酒杯回到躺椅上。是的,刚才这番对话她本应记下来才对。很重要,得记住,得好好地思量这份侮辱。当她威胁说如果他一意孤行她就了断婚姻时,他只是一味重复之前所说的话,反复告诉她他是多么爱她,始终不渝地爱她,他只想过这样的生活,由于他的性欲得不到满足他很不快乐,而这是唯一的一个机会,他想要抓住它,并且让她知情,也希望她能够同意。他十分坦诚地向她诉说。他本可以“背着她”——她的脊背瘦削而无情——偷偷搞的嘛。

“噢,”她喃喃低语。“那你可真大气啊,杰克。”

“嗯,其实……”他欲言又止。

菲奥娜猜想,他是准备告诉她这件风流事早已开始,但她无法承受听见这样的真相,也没必要听。她明白着呢:一位貌美的女统计员,自然有本事让一个男人渐渐不愿回到怨恨幽愤的妻子身旁。她仿佛看到,在一个阳光灿烂的早晨,一间陌生的浴室里,她那依旧肌肉遒劲、身材壮实的丈夫将身上那件干净的半解开的亚麻衬衣扯过头顶,一如平时那副急躁的模样，在他胳膊上挂着一件脱下身的衬衣，眼看就要掉到地板上，被他甩进了洗衣篮里。万劫不复。不管她是否同意，这都将发生。

“这可不行。”菲奥娜语调升高，颇像一位坚定不移的女学究。她补充道：“你还能指望我说什么呢？”

茫然无助，她只想结束这场谈话。明天之前，还有一份判决书需审批通过，那份判决书将刊登在《家庭法报告》上。在那个案子中，两位犹太女学生的命运已在她主持的法庭裁定下得到了妥善的安排，但判决文书还需润色一番，正如在庭上要表现出虔诚的敬意，使当事人心服口服，以免其再次上诉。屋外，夏雨正淅淅沥沥地敲打着窗户。远处，从格雷律师学院广场湿透的沥青地面上传来车胎打滑的嘶嘶声。他要离她而去了，而世界仍将继续前行。

杰克耸了耸肩，转身离开房间，他的脸绷得紧紧的。目送丈夫远去的背影，她再次感到那股冰冷的恐惧。她本想追上去喊他回来的，但又怕他不理她。就算追上去了，她又有什么可说的呢？抱紧我？亲吻我？去找那个女人吧？她听着丈夫的脚步声穿过走廊，卧室的门紧紧地关上了，寂静笼罩了整座房子，这死样的寂静和窗外的淫雨延续了整整一个月，不停不息。

* * *

首先，来了解此案的基本事实。双方都来自伦敦北部严守传统犹太教的社区。伯恩斯坦夫妇的婚姻由父母一手包办，绝无唱反调的可能。夫妇双方在这件事上倒是达成了罕见的共识，说这是包办，而非强迫。十三年后，众人——包括调停者、社工和法官——一致认为，他们的婚姻已走到尽头，无法挽回。夫妻双方现已分居，唯独两个孩子——瑞秋和诺拉——的抚养问题尚未解决。瑞秋和诺拉现和母亲住在一起，与父亲接触频仍。其实，婚姻的裂痕早在多年前就已出现。艰难地产下小女儿后，动了一次大手术的母亲就没了再生育的能力。可父亲却一心想要一个子孙满堂的大家庭，于是夫妻关系开始渐行渐远。这段沮丧的日子过后(父亲说，那是个漫长的时期；而母亲说，非常短暂)，等小女儿一上学，她就在一所开放大学就读，得了个体面的学位，开始在一所小学做老师。然而，母亲的这一安排却不合父亲和许多亲戚的心意，因为传统犹太教有个数百年未断的习俗，即女人的职责是养育孩子——越多越好——和照顾家庭。拥有学位和工作极其罕见。上述证词是一位担任男方证人的犹太教长老在出庭时说的，该长老在当事人所在的社区德高望重。

由于传统犹太教习俗的影响，男人也没受过很多教育。从十五六岁起人们就期望他们将大部分时间用于研习《摩西律法》。他们通常不上大学。部分出于这一缘由，许多传统犹太教信徒收入并不高。但伯恩斯坦夫妇的生活还算阔绰，不过若是他们请律师的开销偿付了之后，他们也会捉襟见肘。他们其中一位的祖父发明了一种橄榄去籽机，享有一部分的专利权，从而解决了这对夫妻经济上的困难。他们想在各自的皇室律师身上倾尽所有，这两位女律师菲奥娜倒都颇为熟悉。表面上，争端关涉两个女儿瑞秋和诺拉的学业。但实际上，争论的焦点涉及两个女儿的整个成长环境。那是在争夺她们的心灵。

在传统犹太教的规范下，男孩和女孩须分开上学，以保持其纯洁性。时装、电视和网络都严令禁止，也不允许与拥有这些消遣的孩童交往。那些没有严守犹太教教规的家庭被视为逾矩越轨。日常生活的方方面面都必须符合风俗习惯。在这场官司中，母亲一方虽然没有与犹太教决裂，但已与周围邻众分道扬镳，这才引发了这场纠纷。妻子不顾丈夫的反对，将孩子们送去一所男女混合的犹太中学，在那里她们可以看电视、听流行音乐、上网以及与非犹太儿童交往。母亲想让女儿们完成中学学业，过了十六岁，如果她们愿意的话还可以上大学深造。她在书面陈词中说，她希望她的女儿们多多了解别人是怎么生活的，培养宽容他人的胸襟，拥有她从未拥有的工作机会，成年后能经济自足，遇到一个具有专业技能、可以携手撑起一个家的丈夫。而不像她丈夫那样，把所有时间奉献给研习和一周八小时无偿地教授《摩西律法》上。

尽管朱迪思·伯恩斯坦的诉讼理由很充分，但她出庭时却显得不大自在。她苍白的面孔棱角分明，天然卷曲的姜黄色头发上系着一个蓝色大发扣。她不时地用长满斑点、躁动不安的手指将记录递交给她的法律顾问；每当丈夫的律师发言时，她就会噘起嘴巴，无声地叹着气，眼珠骨碌碌地转动，很不合时宜地在她那只特大号骆驼皮手包里翻来找去，在漫长下午的低潮期拿出一包烟和一个打火机——在她丈夫看来，这些无疑是挑衅之物——然后将这两样东西一字儿排开，等退庭时使用。菲奥娜坐在高高的审判席上，将这一切小动作尽收眼底，但假装没有看见。

在伯恩斯坦先生的书面陈述中，他旨在说服法官他的妻子是个自私的女人，患有“制怒困难症”（在家事法庭中这很常见，夫妻双方往往相互指控），背叛了结婚时的誓言，常与公婆和邻居吵架，还将两个女儿与他们隔离开来。然而，朱迪思反驳说，明明是公婆非要她和两个孩子回归生活“正道”，抛却现代世界（包括社交媒体）；非要她守在家里，恪守他们所谓的犹太教教规，他们才肯见她或两个孩子。

朱利安·伯恩斯坦先生瘦瘦长长的，宛似裹藏婴儿摩西的一根灯芯草，在辩护律师指控他妻子分不清是女儿们还是她自己的需求时，他不好意思地俯身在法庭文书前，任凭耳边的鬓发瑟瑟抖动。他妻子口口声声说一切是为了两个女儿，其实完全是为了她自己。她正硬生生地将姑娘们从安全、温馨又熟悉的环境中拽出来，在这环境里一切井然有序又充满爱意，其规则和惯例提供了种种可能性，其特性一目了然，其方式已历经世代证明，相较于外面世俗社会里消费至上的人们，社区中的教徒往往更幸福、更心满意足——外面的世界只会嘲弄精神生活，其大众文化极力诋毁女性。她的追求轻浮，行为方式粗鲁无礼，甚至具有毁灭性。她爱自己，远胜过爱孩子。

对此指控，朱迪思严正回应，说没有什么比剥夺正规教育、剥夺体面工作的尊严更加贬低一个人了，男孩也好女孩也罢。在她的整个童年和少年时代，她一直接受的教诲就是，她人生的唯一目标乃是相夫教子——而这也是对她选择自己人生目标的毁谤。她在开放大学艰难求学期间，受尽了人们的奚落、嘲笑和诅咒。她曾发誓，决不让女儿们遭受同样的亏待。

双方律师策略上赞同，争讼焦点不仅仅是个教育问题（那显然是法官的观点）。法庭必须站在两个孩子的立场，在绝对和相对信教之间做出选择。必须综合考量文化习俗、身份认同、心态气量、志向抱负、家庭关系、基本原则的界定、对婚姻的忠诚度，以及不可知的未来。

审理此类案件时，法官往往偏向维持现状，只要这现状无伤大雅。菲奥娜的判决草案长达二十一页，此刻面朝下呈扇形铺展在地板上，等着她一一拾起，用软铅笔做标注。

卧室里没有传出丁点声响，只能听到屋外车辆沙沙地从雨中驶过。菲奥娜屏住呼吸，在聚精会神地听丈夫的动静，听地板或房门发出嘎吱声响，她恨自己这副德性。她既想听，又害怕听到。

与法官同事们相比，菲奥娜·迈耶撰写的判决书行文明快，紧凑得体，用语得当，切中肯綮，反讽中不失温暖，即便她不在时也受到大家的推崇。听说连首席法官大人也在用午餐时喃喃细语，对她大加赞赏："出神入化，理解透彻，文采斐然。"而在菲奥娜自己看来，随着岁月的流逝，她用词越来越严谨精确（也许有人会称之为迂腐），定义完美无瑕，将来某一天能成为常被引用的经典判案，就像霍夫曼法官审理的皮格洛斯卡案，或者宾厄姆法官、沃德法官，还有举足轻重的斯卡曼法官等人的判决案例，上述法官的判决书菲奥娜都曾引用。此刻，她的指尖夹着判决书的第一页，那是一张软面纸，还未阅读过。难道她的生活即将改变？她那帮博学的朋友会不会立马在吃午饭时，或在林肯律师学院、内殿律师学院、中殿律师学院畏怯地窃窃私语，她就这样把他一脚踢了？到头来会不会也被这租金或年岁扫地出门呢？要知道租金与年岁恰如泰晤士河，平日滞缓流淌，但也有涨潮之时。

还是回到正事上吧。第一部分："官司背景"。在对这个家庭的生活安排、孩子们的居住条件以及与父亲的交往等事宜作了常规评述后，菲奥娜用了一整段文字来描述传统犹太教社区的情况，她说在该社区里，笃信宗教是人们纯然的生活方式。正如对恪守清规戒律的穆斯林们而言，区分尽公民之责和信仰上帝毫无意义。菲奥娜手中的铅笔悬在空中。将穆斯林和犹太人混为一体，那是否显得多余或惹是生非，至少对父亲来说？除非他蛮不讲理，而她觉得他并不是那样的人。这句话暂时不删。

第二部分："道德观差异"。本庭需要为两位女孩的教育做出选择，这其实是价值观的取舍。在这样一个案子中，倘若诉诸社会普适价值，那么助益微乎其微。在此，她援引霍夫曼法官的话语："这些是价值判断，理性之人可能会有分歧。既然法官也是人，这就意味着在运用价值判断时一定程度的差异不可避免……"

最近，菲奥娜耐性十足，逐渐偏好东拉西扯，她洋洋洒洒地用数百个字来界定何为福祉，然后考察福祉的实施标准。她采用海尔什姆法官的见解，也认为福祉与安康不可分割，并且包含与儿童发育相关的一切东西。她认同汤姆·宾厄姆的观点，觉得她必须从长计议，因为当今的孩子极有可能活到二十二世纪。她还援引林德利大法官在 1893 年的判决：福祉不应纯粹从经济上衡量，或者仅仅关涉物质安逸。她务必放眼全局。福祉、幸福、安康必须涵盖美好生活这一哲学概念。她列举了与孩童成长过程相关的种种要素和目标：经济与精神自由、品德与同情心、利他无私、发奋图强、深广的人际关系网、赢取他人的尊敬、追求自身存在的恢弘意义，以及在人生的关键时期拥有一个或少数几个铮铮至爱。

是的，这最后一项她自己都未能践行。在她身旁，平底玻璃杯中的兑水苏格兰威士忌没有动过，此刻，看着杯中尿黄色的液体，闻着软木塞似的难闻气味，她郁郁寡欢。她该大发雷霆，她该找个老朋友倾诉一番——她有好几位知心老友呢——她该阔步走进卧室，要求丈夫从实招来。但是，她觉得自己已蜷缩一团，就想心无旁骛，果断行事。明天，她得拿出审判书的打印稿，因此她必须专心致志。自己的私人生活是小事——或者说应该是小事。可她的注意力不由自主地分成了两半——一半在她手上的这份判决书上，另一半在五十英尺开外的那扇紧闭的房门里。她硬着头皮开始读一段长长的段落，当初她在法庭上朗声宣读这一段时就已心怀疑虑。不过，把昭然的事实理直气壮地讲出来并无害处。福祉是社会福祉。一个孩子与其家庭、朋友之间盘根错节的关系网才是关键因素。孩童绝非是个孤岛。人是社会动物——亚里士多德如是说。就这一主题，她洋洋洒洒写了四百个字，引经据典(亚当·斯密，约翰·斯图尔特·密尔)，扬帆起航。这是每一经典判决不可或缺的文明气度。

其次，福祉是一个可变的概念，需要按照当今理性之人的标准加以评判。上一代人绰绰有余的东西，如今可能就匮乏不足了。再者，判定宗教信仰或神学差异绝非是世俗法庭的事务。一切宗教均理应受到尊重，只要它们，如上诉法院法官珀切斯所言，“合法且被社会接受”，而且，按照最高法院法官斯卡曼的悲观之论，并非“不道德或有害于社会”。

为了孩童的利益而违背父母的宗教原则，法院介入时应慎之又慎。但有时候则非介入不可。可何时为宜呢？在驳复时，她援用了她最喜爱的最高法院法官芒比的哲言：“人类状况气象万千，断不可随意描述。”习俗也不能冲淡她的千姿百态。令人赞叹的莎士比亚笔触。这句话令她心绪不宁。她熟记艾诺巴勃斯的台词，因为在她念法学时，在某个和煦的仲夏午后，在林肯律师学院运动场的草坪上举办的全女生聚会上，曾扮演过这一角色。当时，她刚从一场场累得腰酸背疼的律师资格考试重压下解放出来。大概就在那个时候，杰克爱上了她，而她也在不久之后与他坠入爱河。他们第一次做爱是在一个炙热的下午，在一个屋顶都快被烤熟的小阁楼里，那间阁楼只有一扇不能打开的小圆窗，可以瞥见东面伦敦桥下的一小段泰晤士河的景色。

她的思绪飘到了丈夫所谓的或实实在在的情人，那个名叫梅勒妮的统计员——菲奥娜曾遇见过她——一个沉默寡言的年轻女人，戴着重重的琥珀珠子，喜欢穿一双可以戳破老旧橡木地板的细高跟鞋。别的娘儿们让你尝到了甜头，你就没胃口了/她可是越给人满足/越叫你贪馋。说的或许就是这种情况吧！他着了魔似的，沉迷其中而无法自拔，渐渐远离家庭，他被折磨得形销骨立，耗尽了他们的过去、未来还有现在。或者，显然就像菲奥娜自己一样，梅勒妮属于“别的娘儿们”，那些让男人尝到了甜头就没胃口的女人，而他在吃饱喝足以后，不出两星期就会回到她身边，开始筹划家庭假日出游。

不管哪种情形，都无可容忍。

不堪忍受却又令人神魂颠倒。而且不得要领。菲奥娜强迫自己将注意力转回到判决书，转回到她对官司双方证据的综述中——这份综述环环紧扣，枯燥乏味，却富有同情心。接下来，她要审阅法庭指派的社工写的报告。这位社工是个年轻女子，身材丰满，心地善良，时常喘不过气来，头发不梳，衣衫不整。办事杂乱无章，诉讼时两次姗姗来迟，一次是车钥匙出了麻烦，文件被锁在车里拿不出来；另一次是去接放学的孩子。不过，这位来自儿童及家事法庭咨询与支持服务署的女人的这一份报告，却一反往常讨好双方当事人的踌躇，倒是蛮在理，甚至挺深刻的，于是菲奥娜颇为赞许地引用她的证词。再接下来呢？

菲奥娜抬起头，看见丈夫在房间的另一头又倒了一杯酒，一大杯，用三根手指——或许是四根——握住杯子。此刻，他光着脚，这位放荡不羁的知识分子夏天在屋内时常常这样。难怪他刚才走进来时悄无声息。他很可能一直躺在床上，对着天花板的装饰花边凝视了半个钟头，在思索妻子为何如此不通情理。他弓背耸肩，将塞子塞回瓶口——大拇指根噼啪一声拍了一下——这一切表明，他已做好铺垫，准备争吵。她看出了端倪。

他转身走向妻子，手里拿着一杯未经稀释的威士忌。这时，瑞秋和诺拉，那两位犹太女孩，就像基督教天使一样必定在她身后徘徊，殷殷等待着。她们的世俗之神也有她的烦恼啊。菲奥娜低着头，丈夫的脚指头一目了然——修剪得整整齐齐，半月形白弧影亮闪闪的，朝气蓬勃，没有丝毫菌纹斑斑的迹象，而她的趾甲已老态尽显。他常打网球健身，在书房里放了一副哑铃，立下过每天举重一百次的目标。而她呢？她只不过是拎着公文包在法院与办公室之间穿梭，爬楼梯而不乘电梯而已。他英俊且桀骜不驯，而他那不对称的方形下颌，还有玩世不恭的大门牙令他的学生痴迷不已，毕竟，在研究远古历史的教授里，像他这么放浪形骸的恐怕再也没有第二个人了。她从未想过他会染指学生。而现在，一切似乎都变了。或许，尽管她一辈子都在与人性弱点打交道，但她还是一直率真单纯，傻傻地以为她自己和杰克是可以不落俗套的。他写的唯一一本面向普通读者的书——尤里乌斯·恺撒小传——让他不声不响地声名鹊起，给他赚足了体面。某个风骚轻浮的大二小女生说不定使出了浑身魅力挡住他的去路。他的办公室有——或曾经有——一把躺椅，而且门上挂了一幅写有“请勿打扰(法语)”的牌子，那是他们夫妻俩很早以前在度蜜月结束时从巴黎瑰丽酒店弄来的。这些都是刚刚涌现出来的念头。菲奥娜的疑心虫已在侵蚀她对往昔的记忆了。

他在离她最近的椅子上坐了下来。“既然你回答不了我的问题，那么我就来告诉你吧。这事开始已有七周又一天了。这样你真的满意了吧?”

她平静地问道:“你已有外遇了?”

他知道回答一个难以启齿的问题的最好方法就是顾左右而言他。“你觉得我们已经很老了是吗?你真这么认为?”

她说:“如果你已有了，那我希望你立马就打包走人。”

她为了吃他的马却丢了车，伤敌一千自损八百啊，这步棋下得太臭了，愚蠢之极，且没有退路。他留，那是奇耻大辱;他走，那是万丈深渊。

她丈夫坐在椅子上，那条木质皮椅嵌着一颗颗饰钉，一副中世纪酷刑的模样。菲奥娜根本不喜欢维多利亚时代的哥特式家具，也从来没有像现在这样讨厌它。他跷着二郎腿，头歪斜着，既怜悯又宽容地看着她，而她则别过脸去。七星期又一天，这听起来也颇具中世纪的韵味，宛如古巡回审判庭流传下来的一道判决。一想到自己可能得应诉，她就心烦意乱。这么多年来，他们夫妻间的性生活十分规律，流程简单而情欲旺盛。在工作日的清晨，他们一觉醒来，在令人眩惑的忧愁穿透卧室厚厚的窗帘之前，他们就行房作乐。周末下午，有时候在梅克伦堡广场打完网球双打之后，他们也会颠鸾倒凤一番，将双方击球失误的一切指责彻底抛之脑后。事实上，这是一份爱意浓浓的生活，运作如常，将他们顺顺当当地过渡到余生，而且毋庸讨论，此乃一大欢悦。甚至无以言表——这恰恰是她听到他此刻提及它而深感痛苦的缘由，也是她几乎没有意识到性欲和频度缓慢衰减的原因。

可她一直爱着他，始终温情脉脉，忠贞不贰，就在去年还对他呵护备至，那时他摔断了腿和腕关节，祸起梅里贝勒，当时他和老同学们在那里比赛速降滑雪，荒唐至极啊。她逗他开心，跨坐在他身上，而他躺在那里咧嘴微笑，打的石膏白得晃眼。这一切都历历在目。她不知道如何援引这些事例为自己辩解，况且，她的过错并不在此。她欠缺的不是奉献而是激情。

接着便是岁月的痕迹。他们尚未步入迟暮，还没呢，但种种迹象已初现端倪，就像在某种意义上，我们可以从十岁孩童的脸孔中窥见他成年时的样貌一样。假如说瘫坐在她面前的杰克在这场谈话中显得可笑，那么同样地，在杰克看来，她也不会好到哪里去。他仍然引以为傲的白色胸毛，从他衬衫最上面的扣子上方卷曲而出，不过是为了宣告它已不再乌黑；他的头发，依旧是如常的发型，像苦行僧那样稀疏，却是花了难以想象的代价留长的；小腿不再肌肉发达，都撑不起他的牛仔裤，眼神透露出对未来的茫然，与之相配的是凹陷的脸颊。至于她，脚踝不知羞耻地越长越粗，臀部变厚，如夏天的积云一样浮肿，腰部越发粗壮，牙龈日渐萎缩，然后呢？这些变化休想以毫米作单位来度量。更加糟糕的是，岁月会为一些女人奉上特别的羞辱——下垂的嘴角，仿佛总是要摆出一副责备的面孔。这神色对于高居宝座、戴着假发、皱眉蹙额的法官或许正好，但若出现在爱人的脸上呢？

而他们在这里，像少年一般，为了爱神开始讨论他们自己。

他在战术上更狡猾，无视她的最后通牒。相反，他说："我认为我们不应放弃，你觉得呢？"

"是你想开溜。"

"我认为你也有责任。"

"我不是那个要破坏我们婚姻的人。"

"那你说。"

他理性从容地说道，将这三个字投射到她充满困惑的内心深渊，使她倾向于相信在如此尴尬的冲突中，她可能是错了。

他小心翼翼地呷了一口酒。为了主张他的需求，他是不会喝醉的。当她宁愿他气急败坏犯错时，他将表现得严肃并且理性。

他紧盯着她的双眼，说："你知道我爱你。"

"但你喜欢年纪轻一点的。"

"我想要性生活。"

这暗示她要做出温馨的承诺，将他拉回身边，为自己忙碌、疲倦、抽不出空而道歉。然而，她看向别处，一言未发。在重压之下，她不想为了重振情趣生活而全身心付出，那一刻她对此毫无兴致。尤其是当她怀疑风流韵事已经开始时。他都懒得去否认，她也不会再追问。这不仅仅是因为自尊心。她依旧惧怕他的答复。

"好吧，"一阵长长的停顿之后，他说。"你不想？"

"我脑子里压着这件事，才不想呢。"

"什么意思？"

"我好好改吧，否则你就去梅勒妮那儿。"

她认为他已完全明白她的意思，但想听她亲口说出那个女人的名字，那个她以前从未大声说出的名字。他的脸颤抖了一下或紧绷起来，不由自主地微微抽搐。或许，是因为那直白的措辞，那个“去”字。她已失去他了吗？她突然一阵眩晕，好像她的血压刚刚下降又突然飙升。她直挺挺地坐在躺椅上，然后把仍握在手中的一纸判文放在地毯上。

“不是这样的，”他振振有辞。“呃，换个角度吧。我们不妨换位思考。你会怎么做呢？”

“我可不会去找个野男人然后再跟你谈判。”

“那会怎样？”

“我会弄明白到底是什么在困扰你。”她的声音在自己耳畔响起，听上去一本正经。

他装腔作势地向她摊开双手。“好！”毫无疑问，他对学生用的也是这种苏格拉底式的方法。他在用苏格拉底式的方法激发学生。“那么是什么在困扰你呢？”

尽管这番话既愚蠢又虚伪，但这是唯一的问题，而这问题是她自己招致的，不过她对他颇为恼怒，深感委屈，所以她一时没有回答，而是将目光越过他，投向房间另一头的钢琴（过去两周中几乎没有弹过），投向它上面按乡间别墅风格摆放的几帧银框照片。双方的父母从结婚起一直到变成老糊涂，他的三个妹妹，她的两个弟弟，他们现在的和过去的妻子和丈夫（这也算是对彼此的不忠，他们没有拿掉任何人的照片），十一个侄子和侄女，之后是他们轮流生的十三个孩子。生命脚赶脚地到来，在一架小型钢琴上面汇聚成一个小小的村庄。除了参加家庭聚会、几乎每周送生日礼物以及在租金低廉的城堡里与多代家庭成员共度假日外，她和杰克没有做过任何贡献，也没有养儿育女。在这幢公寓里，他们招待了不少亲属。走廊的尽头是一个步入式橱柜，里面装满了折叠床、高脚椅、游戏围栏，以及三篓被咬过且已褪色的玩具，它们时刻为下一个降临的小孩做准备。而今年夏天的城堡——位于阿勒浦北十英里——正等着他们拍板决定。据印制粗劣的小册子所示，那儿有一条护城河、一座工作吊桥和墙上布满弯钩与铁环的地牢。昨日的酷刑如今已成了少年儿童的惊险刺激。她再次想起中世纪酷刑，七个礼拜加一天，从连体婴儿案最后阶段开始，已经有那么长时间了。

所有的恐惧和怜悯，以及这困境本身，全都在这幅照片中，只呈递给法官过目。孩子的父母分别是牙买加人和苏格兰人。自出生以来，这对男婴便一直身处于复杂的生命维持装置之中，头脚相依地躺在儿科重症看护床上，他们骨盆相连，共享一个躯干，张开的双腿和他们的脊柱成直角，颇像一条多角海星。固定在恒温箱边侧的量具显示，这对无助的连体婴整体长度为六十厘米。他们的脊髓和脊柱底融合在一起，眼睛紧闭，四只手臂举起，仿佛在向法庭的裁决投降。他们名叫马修和马克，取自《圣经》中的使徒，然而圣人的名字并未予他们以庇佑。马修头部肿胀，双耳凹陷在粉红色皮肤中。而马克的头罩在新生儿专用的羊毛帽下，是正常的。他们只共享一个器官，膀胱，它基本上位于马克的腹内，而且，据会诊医师说，“可以自发并自如地通过两个分开的尿道排空”。马修的心脏虽大，但“它几乎不搏动”。马克的主动脉供给马修，是马克的心脏在维持他们俩。马修的大脑严重畸形，无法正常发育，他的胸腔缺乏官能肺组织。一位护士说，他“没有肺，想哭也不行”。

马克可以正常吮吸，为双方供食、呼吸，在干“所有的活儿”，因而异常消瘦。马修无所事事，于是体重大增。若不管不顾，马克的心脏早晚会衰竭，两兄弟必死无疑。马修不太可能活过六个月。他一死，肯定会带走他的兄弟。伦敦的一家医院急需获批分离这对连体双胞胎，以救马克一命，他倒是有可能成为健康、正常的孩子的。为此，外科医生就得先夹住共同主动脉，然后割断它，从而置马修于死地。随后启动一系列复杂程序，开始修复马克。爱子心切的父母是虔诚的天主教徒，生活在牙买加北海岸的一个小村庄，他们冷静镇定，笃信生命，拒绝谋杀。是上帝赋予生命，也只有上帝才能夺走它。

某种程度上，她的记忆充斥着拖沓又嘈杂的喧闹声，在干扰她的注意力，仿佛千辆车警报齐鸣，千个女巫在发狂，记忆中关于这次事件的一切都在为报上的陈词滥调提供新的素材：耸人听闻的头条。医生，牧师，广播电视主持人，报刊专栏作家，同事，亲戚，出租车司机，整个国家都会知晓。故事要素引人入胜：不幸的小宝宝，善良、严肃且能言善辩的夫妇深爱彼此也爱孩子，生命，爱，死亡，跟时间赛跑。戴面罩的外科医生抗衡超自然信仰。就立场这一谱系而言，分为两派：一派是世俗的功利主义者，他们对法律细节毫无耐心，信奉简单的道德等式：救活一个孩子总比两个都死掉好。另一派，则不仅坚信上帝存在，同时也参悟上帝旨意。在她的判决书开篇，菲奥娜援引高等法院法官沃德的话提醒各方："本庭是法律之庭，而非道德法庭，因而，我们的任务是查明真相，我们的职责是运用相关的法律原则处理我们面前的案子——一个独一无二的案子。"

在这场极端争辩中，只有一个理想或者说不那么糟糕的结果，但走法律途径并非易事。时间紧迫，喧闹的世界在等候，她，仅在一个星期内，用一万三千字就找到了一个似乎可行的办法。或者说，至少高等法院好像认为她做到了，他们在她做出判决后，在甚至更短的期限内完成了最终裁决。然而，并不能据此推定某条性命就比另一条更有价值。分离双胞胎势必会要了马修的命。而袖手旁观，不分离他们，那就会杀死两个人。法律与道德之间没什么回旋空间，两害相权，只能择其轻者。尽管如此，法官必须考虑马修的最大利益。显然不是死。但生也不是个选项。他只有一个发育未全的大脑，一颗没用的心脏，根本就没肺，极有可能痛苦不堪，注定一死，说死就死。

菲奥娜独辟蹊径，争辩说马修与他的兄弟不同，他没有任何利益。高等法院接受这一说辞。

可是，就算两害相权择其轻者，但那可能仍不合法。给马修开膛破肚，切断他的动脉，这一谋杀行为怎能合乎情理？医院律师口口声声对菲奥娜说，分离双胞胎就等同于关闭马修的生命支持系统，救马克，但菲奥娜不以为然。手术太具创伤性，是对马修身体整体性的侵入，不可以被认为是撤离治疗。相反，她在“必要性原则”中找到了理据，这是普通法奠立的理念，即在某些特定情境下（议会绝不会花心思来界定是哪些情境），为了防止更大的罪恶可以违反刑法。她援引了一个案子：一伙人劫持一架飞往伦敦的飞机，恐吓其乘客，但最后被认定无罪，因为他们这样做是为了逃避自己国家的迫害。

论及至关重要的意图，这场手术的目的不是为了杀死马修，而是拯救马克。马修在不由自主地杀害马克，因此必须准许医生保护马克，消除致命的威胁。连体分离后，马修会丧生，但不是因为他被蓄意谋杀，而是因为靠他自己他无法茁壮成长。

高等法院同意手术，驳回父母的诉求。两天后，早晨七点，这对双胞胎被推入手术室。

菲奥娜最敬重的同事纷纷找到她，与她握手致意，或者给她写值得珍藏的信函。她的判决既简练又正确，这是业内人士的共识。马克的重建手术大获成功，公众对这事的兴趣消退并转移开去。但她并不开心，她放不下这案子，时常夜里惊醒，久久不能入眠，翻来覆去斟酌细节，另起炉灶重撰判决书的某些段落。或者，她的脑际萦绕着某些熟悉的主题，包括她自己的无子无嗣。同时，一封封颜色驳杂的小信封纷至沓来，里面装着虔诚信徒们的恶毒想法。他们觉得两个孩子都应一死了之，对她的判决很不满意。有人口出粗鄙之语，也有人扬言要对她大打出手。有几位声称知道她家住哪里。

那波诡云谲的几个星期在她身上留下了印记，这印记才刚刚消退。到底是什么在烦扰她呢？她丈夫的疑问也是她自己的疑问，而现在他正等着她的回答。早在开审之前，她收到一份威斯敏斯特教堂罗马天主教大主教呈递的意见书。在她的判决中，她在一个措辞恭敬的段落中指出，大主教宁可马克和马修一道死去，从而不拂逆上帝的旨意。为了坚守神学边界，那些牧师竟然想扼杀一个蕴涵意义的人生，对此她并不惊讶或担忧。法律本身也有类似的问题，它允许医生放任一些没有救治希望的病人窒息、脱水或饥饿而死，但禁止医生给病人施以一剂致命的注射，一了百了。

多少个夜晚，她的思绪又飘回到那对双胞胎的照片，以及她曾端详过的十多张其他照片，还有她从医学专家那里听说的详细专业信息，关于一个个婴儿患的疾病，关于切开和分离，移接和褶缝婴儿的肉体，重建体内器官，把他的双腿、生殖器和肠子旋转九十度。他们必须动这样的手术，给马克一个正常的人生。在昏暗的卧室中，当杰克在她身边静静地打鼾时，她似乎在悬崖边凝视深渊。她忆起一幅幅马修和马克的画面，从中看到了茫茫无聊的空虚。只因未能发生一连串化学反应，只因一系列蛋白质反应中小小的干扰，一个微小的精卵就没能及时分裂。一场分子级的事件如大爆炸的宇宙般骤然膨胀，演化成更大规模的人类悲剧。毫不残酷，无关复仇，没有行踪诡异的幽灵。仅仅是基因的误转，酶结构的曲斜，化学键的断裂。自然损耗过程既冰冷无情，又毫无意义。它仅仅带来健康、完美塑造的生命，一样充满偶然，一样毫无意义。这纯粹是撞了大运，你来到这个世界，生来就有充满爱意的父母，没有虐待，或者由于地理和社会的缘故恰好逃避了战争和贫穷。因此，你发现做个德高望重的人要容易得多。

有一阵子，这一案子已使她麻木，对身边的事漠不关心，无动于衷，只忙着自己手头的工作，不告诉任何人。但是她对身体深感厌恶，几乎每次看到自己或者杰克的身体无不怀有排斥感。她该如何谈论这一切？简直难以向他启齿，法律生涯走到这一步，在众多案件中唯独这一件，个中的辛酸，血淋淋的细节，公众的高度关注，竟会对她产生如此深刻的影响。有一阵子，她的一部分和可怜的马修一道，变得冰冷死寂。是她将一个小孩驱逐出这个世界，用三十四页纸洋洋洒洒地论证他不应存在。他头颅肿胀，心脏不能搏动，注定一死，管它呢。大主教荒谬无理，而她并不比他通情达理。她已把心中的畏缩视为理所当然。这一感觉虽已消逝，但它在记忆中留下了疤痕，甚至七个星期加一天之后的今天这疤痕犹在。

行尸走肉，这是对她最好的描述。

* * *

杰克啪嗒一声把酒杯放在玻璃桌上，这响声把她拉回到房间和他的问题。他定定地注视着她。就算她知道如何表达忏悔，她也没心思这样做，也无心示弱。她有事情要忙乎，得校对判决书，天使们正在等着呢。她的精神状态不是问题。问题出在她丈夫正在做的决定，他在施加的压力。她的内心忽又燃起无名之火。

“最后一次问你，杰克。你还在跟她来往吗？沉默就是默认。”

但他也同样发起怒来，从椅子上起身，由她身边走向钢琴。他在那里驻足，一只手放在掀起的钢琴盖上，耐着性子转过身来。那一刹那，两人间的沉默弥散开来。此刻霏雨已止，人行道中的橡树纹丝不动。

“我觉得我已说得很清楚了。我就对你敞开心扉吧。我是跟她见面吃了午饭。什么事都没发生。我是想先和你谈谈的，我是想——”

“呃，你谈了呀，你也得到了答案。现在怎么着?”

“现在你告诉我你怎么回事。”

“这顿午饭什么时候吃的？哪里吃的?”

“上个星期，上班的时候。根本不算事嘛。”

“这种不算事的事儿搞出了个风流韵事。”

他一直待在房间的另一头。“是这么回事，”他说，语调平板。一个明智的人历经考验，被搞得精疲力竭。匪夷所思，他以为就凭这点演技就可以蒙混过关。在她巡回审判时，被告席里上了年纪(有些人牙齿已所剩无几)、目不识丁的累犯都会嘀嘀咕咕，在她面前，他还不如他们演得好。

“是这么回事，”他重复道。“我很抱歉。”

“你知道你会毁了什么吗?”

“我也可以这么问。发生了件事儿，你却不肯跟我谈论它。”

随他去吧，一个声音，她自己的声音，在她脑海里响起。此刻，原先的那种恐惧突然攫住了她。她不能——她无意——独自一人撑过余生。两个与她年龄相仿的密友，和丈夫离婚之后长期单身，到现在还是无人陪伴就不肯走进一个拥挤的房间。除了仅仅在社交上显得体面之外，她明白是她对他饱含的爱。她现在感受不到了。

“你的问题是，”他在房间那头说，“你从未觉得你该解释自己的行为。你已离我而去。你肯定知道我已注意到了这点而且我很在意。我想，如果我认为这一状况不会持续，或者知道个中原因，那倒还可忍受。因此……”

这当儿，他开始向她走去，而她根本不知他的结束语，或者任由内心升腾的怒火做出回应，因为就在此时电话响了。她不由自主地拿起听筒。她在值班，来电者定是她的文书奈杰尔·鲍林。一如既往，这声音有些迟疑，几近口吃。但他一直很有效率，懂得保持适宜的距离。

“很抱歉这么晚打扰您，夫人。”

“没关系。说吧。”

“我们接到旺兹沃思艾迪丝·卡维尔医院的法律顾问打来的电话。他们急需为一名癌症患者输血，一个十七岁的小男孩。他和父母拒不同意。医院想——”

“他们为什么拒绝？”

“耶和华见证人，夫人。”

“好的。”

“医院方在寻求法院指令，依据指令他们就可违背其意愿，合法地输血。”

她看了看手表。刚过十点半。

“我们还有多长时间?”

“医院说,过了周三就很危险了。极其危险。”

她环顾四周。杰克已离开房间。她说:“那么,尽快安排在周二下午两点钟举行听证会,同时通知被告,请医院通告孩子家长,他们有申诉的自由。让孩子的监护人给他安排一位法律代表。要求医院在明天下午四点前呈送证据。参与治疗的肿瘤专家应提供一份证人证言。”

一时间,她的大脑一片空白。她清了清嗓子,继续道:“我想知道为什么需要血液制品。还有,孩子父母必须尽量在周二中午前提交证据。”

“我立刻办理。”

她走到窗边,紧盯着广场那头,在六月漫漫的黄昏里,树的剪影融化为浓浓的黑色。至此,黄色的街灯只在人行道上投下一小圈的亮光。周日的晚上,街道上车辆寥寥,格雷律师学院街和霍尔本街上悄无声息。传入她耳畔的只有细雨滴在叶子上的答答声以及附近排水管中发出的悠远悦耳的汩汩声。她看着楼下邻居家的一只猫刻意绕水坑行走,遁入灌木丛下的黑暗中。杰克的蜷缩并没有困恼她。他们的交锋越来越坦率,痛彻心扉地坦率。无可否认,被引渡到中立地带——秃秃的荒野——上,来审视他人的问题,是一大慰藉。又是宗教信仰。由于这男孩马上就要到十八岁这一法定自主年龄，他的个人意愿将是问题的关键。

或许，在这突如其来的插曲中窥见自由的希望有悖常理。在这城市的另一端，一位少年正在为自己和父母的信仰而与死亡对峙。救他一命并不是她的任务或使命，她的任务或使命是裁定何为合理且合法。她真想亲自去探望那男孩，将自己从家庭困境中解脱出来，抛开法院事务，花上一两个小时，到医院去一趟，深入这纷繁万端的事况之中，通过自己的观察做出判决。父母的信仰可能也是他们儿子的主张，或是他不敢违抗的死刑。如今，亲自查明真相绝非常规做法。遥想二十世纪八十年代，法官仍可对青少年实行法庭监护，在寝室或医院或家里与他会面。那时，崇高的理想得以承继，一直延续到了现代，就像一副凹痕累累、锈迹斑斑的盔甲。法官替代了君主，几百年来成了全国孩童的护卫者。如今，儿童及家事法庭咨询与支持服务署的社工们从事这一工作，并反馈情况。旧系统虽缓慢又低效，却保留了人情味儿。现在呢，耽延少了，打勾填表多了，盲目信任尤盛。孩子们的人生被准确地储存于电脑记忆库内，却偏偏少了份温情。

去医院探望是感情用事，是一闪念而已。转身离开窗户，回到躺椅边时，她已打消了这念头。她坐了下来，不耐烦地叹了口气，拿起一份判决书，这份判决书事关斯坦福山的犹太女孩以及她们饱受争议的福利。最后几页是她的结论，她把它们又一次握在手中。但此时她怎么也看不进自己写的文字。她荒谬地、无意义地专注于案子，一时间无法自拔，这种情况已不是第一次发生了。父母为子女挑选学校——一件单纯、重要而又平常的私事——已被势不两立的分歧和铺天盖地的金钱这两者的致命组合所颠覆，业已沦为浩如烟海的文书工作，演化成一箱箱、一柜柜的法律文件，又多又重，得用拖车才能运到法庭，蜕变为一次次漫长而彬彬有礼的争吵，一场场程序化的听证会，一个个一再拖延的判决，整个情形闹哄哄的，就像一个东倒西歪、未被拴好的热气球缓缓上升，穿过一级级司法机关。如果父母无法达成共识，那么法律，纵然不情愿，也必须做出决定。菲奥娜将以核科学家的严肃和对程序的忠顺来主持这一判决，主持这起始于爱而终于恨的案子。这整件事本应交由社工处理，他们用半个小时就能做出明智决定。

菲奥娜发觉自己很喜欢朱迪思，那个坐立不安、皮肤姜黄的女人。据文书说，每当庭休时，她都会飞快地走过大理石地面，穿过法院光洁的石拱门，来到河滨大道，然后拿出香烟猛抽。菲奥娜认为，孩子们应该继续在母亲为其选择的男女混合学校就读。她们可以一直读下去，直到年满十八岁，而如果她们愿意，还可以读大学。不过，判决书尊重传统犹太教社区，尊重其古老传统和礼仪的延续性，并补充说，法庭对其特别信仰不予置评，只是指出这些信仰显然被人们真诚恪守着。然而，父亲从犹太教社区请来的几位证人为撤案助了一臂之力。一名受人尊敬的证人说——也许太自以为是了——犹太教社区的女人应该一门心思构筑一个"安乐窝"，因此，过了十六岁，教育对她们来说就没有意义了。另外一个证人则表示，"进入职场"对犹太教社区的男性来说已经非同寻常，更何况是女性了。第三位证人则极力主张男孩和女孩在学校里应严格隔离，以保持他们的身心纯洁。这一切，菲奥娜在判决书中写道，完全与主流观念中家长教育子女的方式不符，与应该鼓励孩子追求自己的抱负这一广泛接受的观点相悖。这才是理性而懂法的父母该有的观点。她接受社工的意见，认为如果这两个小女孩被送回父亲所属的封闭社会，她们就会被切断与母亲的联系。但是若交给她们的母亲，这样的事就不大可能发生。

说到底，法庭的责任在于确保孩子长大成人，并自主决定想过怎样的生活。女孩们也许会选择父亲或母亲的宗教观，抑或可能在别处找到人生快意。过了十八岁，她们就不再受制于家长和法庭了。在分辩过程中，她对这位父亲颇有微词，她发现伯恩斯坦先生所雇用的法律顾问和律师都是女性，他得益于法庭指定的社工的经验，那位来自儿童及家事法庭咨询与支持服务署、行事精明而缺乏条理的女士，并且他无疑受制于一位女法官的指令。他应该扪心自问，为何要剥夺自己女儿走向职业道路的机会。

这份判决书终于完成了。明天一大早，修改过的内容就会键入这份判决书的终稿。她站起身，伸了伸腰，拿起威士忌酒杯到厨房去洗。热水流过她的手背，令她舒心。她在水槽边站了一两分钟，头脑一片空白。但此时她也在细听杰克的动静。老旧管道发出辘辘的声响，借此她能知道他是否准备上床睡觉了。她回到客厅去关灯，不知不觉间却又站到了她在窗边的位置。

楼下广场上，离那只猫绕过的水坑不远的地方，她的丈夫在拖一只小提箱。他肩上背着上班时用的公文包。他走到车边，他们的车边，打开门，把行李放在后座，钻进车，发动引擎。车前灯突然亮起，前轮方向打死，这样他就可腾挪出狭窄的停车空间。她隐约听到车载收音机的声音。流行音乐。但他讨厌流行音乐的呀。

他一定是在晚间早些时候就收拾好了行李，早在他们开始谈话之前。也有可能是在中途，当他回到卧室的时候。她不慌、不怒也不觉得哀伤，只感到疲惫不堪。她觉得自己还是务实点吧。如果现在就去睡觉，那就不必吃安眠药了。她回到厨房，告诉自己她不是来找松木桌上的便条的，平常他们总在这里互留便条。什么也没有。她锁上前门，关掉走廊上的灯。卧室丝毫没有被动过的迹象。她悄悄打开他的衣橱，以妻子的眼力一下子看出他共带走了三件夹克，其中最新的一件是君皇仕的米白色亚麻衫。在浴室里，她不想打开他的柜子去瞅一眼他的盥洗包里装着什么东西。她知道的够多的了。躺在床上，她心中唯一明智的念想是，为了不让她听见，他沿走廊走时一定无比小心，处心积虑、一英寸一英寸地关上前门。

甚至连这也不足以阻止她坠入梦乡。然而，睡眠绝非解脱，因为不出一小时，她就被原告们团团包围。抑或他们在恳求帮助。一张张脸庞融合又分离。双胞胎婴儿，马修，肿胀的头上没有耳朵，心脏不能搏动，直勾勾地瞪着双眼，无数夜晚皆是如此。那对姐妹，瑞秋和诺拉，惆怅地呼唤她，一一列举可能是她的或是她们自己的过错。杰克慢慢向她靠近，把他新近才爬满皱纹的额头埋入她的肩膀，哼哼唧唧地解释说，她的职责就在于为他的未来创造更多的选择。

闹钟在六点半响起，她忽地坐起身，木然地盯视着空了一半的床。之后她走进浴室，开始准备一天的出庭。

第二章

她像往常那样从格雷律师学院广场出发，前往皇家法院，竭力不去想心事。她一手拎着公文包，一手擎着伞。城市之光现出黯淡的绿色，空气中有一股扑面而来的凉意。她从正门出来，只向约翰匆匆点了点头，避免与这位友好门房寒暄。她希望自己不要显得像个深陷危机的女人。为了分散注意力，她在心中默默弹起一首烂熟于心的乐曲。在早高峰的熙攘喧闹之中，她耳中听到的是她理想的自己——她永远都不可能成为的一位钢琴家——无可挑剔地演奏着巴赫第二组曲。

整个夏天，大部分日子都阴雨绵绵。市内的树木看上去胀鼓鼓的，树冠肿大，人行道被刷洗得一尘不染，连霍尔本街展销厅上的汽车也干干净净。上一次她看到涨潮期的泰晤士河时，也是这样呈暗棕黄色，滔滔的河水愠怒低吼，激越翻腾，拍打着桥墩，向城市街道蓄势待发。但浑身湿透的路人一个个一往直前，虽怨声载道，却坚定不移。这股急流被诸多不可控因素驯服，遂向南曲折而去，阻滞了亚速尔群岛飘来的暑夏气息，吸纳了凛冽的北方冷空气。这或是出于人为的气候变化，它使得海冰融化，搅乱了上层气流；又或是缘于不规律的太阳黑子运动这一人力不及的因素；还可能是自然变异，古老的律动，星球的命运——无非是这三者之一、三者之二，或三者兼而有之。但是，在一大清早谈论这些解释与理论有何意义？菲奥娜和所有伦敦人都得赶着去上班呢。

菲奥娜穿过街道，沿着大法院巷走去，这时雨势更大了，雨水在一阵骤然而至的冷风吹拂下倾斜而下。此刻天色愈发阴沉，豆大的雨珠冷冷地弹溅在她的腿上，人群匆匆而过，默默无言，全神自顾。霍尔本街上的车流像潮水般在她身边汹涌而过，喧喧嚷嚷、气宇轩昂地奔涌直前，前灯灯光闪烁在柏油路面上。此时她又在聆听那气势夺人的开场序曲，那是法国风格的柔版乐章，在缓慢密集的和弦中隐约透出淡淡的爵士风味。但无可逃避的是，这乐曲让她径直想起了杰克，因为这正是去年四月她专为杰克生日而学会的乐章。薄暮洒在广场上，菲奥娜和杰克都刚刚下班回家。房间里点着台灯，杰克手端一杯香槟，菲奥娜的那一杯则放在钢琴上——她在弹奏那首她几周前不厌其烦全心记忆的乐曲。然后是杰克赞赏的惊叹、对妻子卓绝记忆力的欣喜不已、出于体贴而略微夸张的叹服、他们在最后的长吻、她轻轻说出的生日快乐、他湿润的眼眶以及他们的笛状雕花玻璃杯相碰撞发出的叮当声响。

自怜的引擎渐渐转动，菲奥娜不由自主地回想起她曾为杰克精心打点的一切赏心乐事。这份清单长得出奇：除却惊喜的歌剧外，他们曾一起环游过巴黎、杜布罗夫尼克、维也纳、的里雅斯特湾，他们甚至还在罗马见过凯斯·杰瑞（而一无所知的杰克要做的只是按照吩咐装好小箱子，带上护照，在下班后直奔机场与妻子会合）；她曾送给杰克一双手工压花的牛仔靴和一个可放在身后裤袋里的弧形刻纹酒瓶。她还买了一把十九世纪探险家使用的锤子，装在一个皮质盒子里，以表彰丈夫对地质学的新热情；为了庆祝杰克迈入五十岁——这可是人生的第二春——她还送了一支曾经属于盖伊·巴克[①]的小号。这些礼物只不过是所有她带给杰克的惊喜愉悦中的一小部分，而性爱之欢则只是其中的零光片羽。但只是近来才性事不遂，却被杰克夸饰成不公不义的大罪过。

---

① 盖伊·巴克（1957— ），英国著名的爵士小号手和作曲家。

她忧愁哀伤，委屈连连，而她真正的愤懑还在前头呢。她，一个年届五十九岁的弃妇，才刚刚步入暮年的边缘，就像一个蹒跚爬行的婴儿。她从大法院巷转入一条窄道，来到林肯律师学院，没入了纷繁华丽的建筑群中，这当儿她迫使自己将注意力转回组曲中。雨滴如鼓点般打在伞面上，她听到了欢快的行板，悠缓的低音，那是巴赫乐曲中罕有的标记，低回婉转的乐声之上有一种美妙动人、快乐无忧的气象。她穿过大礼堂，她的脚步和着这天籁般轻快的旋律。那一个个音符欲极力捕捉某一明确的人生旨意，但它们根本没有意义，只是纯而又纯的可爱罢了。或者，是献给所有人的最暧昧的至尊大爱。或许是献给孩子的吧。约翰·塞巴斯蒂安·巴赫历经两次婚姻，育有二十个子女。但他并未让工作妨害他恪尽父职。对其中幸存的孩子，他都关爱有加，谆谆教导，还为他们谱曲写歌。孩子。这一不可抑制的思绪在她继续弹奏巴赫赋格曲[①]时屡屡重现。这曲子难度颇高，她却得心应手，其中有她对丈夫的爱，也有她全力忘我的演奏——技艺灵巧精湛，琴声铮铮分明。

是啊，她没有孩子，这本身就是一阕赋格，一次奔逃——

① 一种复调音乐体裁，又称“遁走曲”。

这种鸣奏曲式格外常见，而她此刻在极力抵制——逃离天命。她没能成为一个真正的女人——她母亲一定理解她说这话是什么意思。而她走到这样一步的全部历程，就好像她与杰克二十多年间共同弹奏的一曲慢板和弦，间或有刺耳走调之音浮现又淡去，而后总是在她的警戒多疑甚至惊惧惶恐中再次出现。那些丰饶动人的岁月悄然溜走，直至消失殆尽，她却忙得焦头烂额，毫无察觉。

那是一个需要全速讲述的故事。期末考，学年考，一场接一场，然后参加律师授职仪式，成为一名见习律师，荣幸地被邀请到威望卓著的法官议事室；为希望渺茫的案子成功辩护，给早期的职业生涯添上斐然的成绩——“等到三十岁再要孩子吧”：这一主意显得多么顺理成章。而当而立之年真的到来时，她从事务所那里接手了更加错综复杂且值得挑战的案子，当然，随之而来的是更大的成就。杰克也同样迟疑不决，希望把生孩子这事再推迟一两年。然后，两人齐齐迈过了三十五岁，杰克成为了匹兹堡的一名教师，而她也进入了一天工作十四小时的忙碌状态。她深深埋首于家庭法中，却与自己现实中的家庭渐行渐远，外甥侄女的登门探访还会让她想起家庭的存在。再往后的几年，第一次有传言说她将提前被选为法官，而且需要她巡回出庭。但事实上，她一直也没能收到相关的通知。转眼菲奥娜到了四十多岁，心中却突然涌起对晚育和孤独症的种种忧虑。不久之后，格雷律师学院广场中开始出现更多年轻的面孔，侄孙与侄孙女开始围着她吵嚷不息，让她意识到在如此这般的生活中还要硬塞进一个婴儿是何等的艰难。然后她懊悔万分地想到去收养孩子，也做了一些试探性的咨询——在随后那些马不停蹄的岁月里，怀疑的痛苦偶尔湮没心扉，他们在深夜断然决定求助于代孕妈妈，却在清晨赶着上班的手忙脚乱中不了了之。直到最后，在某个早上的九点三十分，在皇家法院，最高法院大法官宣誓她就职，聆听她在两百位头戴假发的同事前宣誓效忠，宣读司法誓言。她身着法官长袍，在众人面前昂首挺胸，成为一段诙谐讲演中的主角。她知道这时候一切都已尘埃落定。她是属于法律的，正如某些女性曾经是基督的新娘。

她穿过新广场，向怀尔迪书店走去。脑中的音乐已渐渐消散，此刻另一种古远长久的情绪却不期而至：自责。她自私自利，执拗易怒，表面不露声色实则野心勃勃。她只顾追求自己的雄心，却还自欺欺人地告诉自己，她选择这条职业道路的本意并非在于自我满足。她还断然拒绝将两三个原本会是体贴、极具天赋的个体降临到这世界。倘若她的儿女还活着，那么，一想到自己也许不会来到这世上，他们一定会震惊不已。所以，现在的一切都是她的报应：必须独自面对这场灾难，没有懂事成熟的孩子关切地打来电话，没有孩子们撂下手头上的工作、召开紧急餐桌会议，给他们愚蠢的父亲讲明道理，把他拉回这个家庭。可是她还会接纳这样的丈夫吗？孩子们还得转而向她劝说讲理。曾几何时，她离成为母亲仅一步之隔：她会有个嗓音沙哑的女儿，或许是个博物馆馆长吧；还会有个别具天赋、不那么安分的儿子，在众多领域脱颖而出，虽未能完成大学学业，却会是一个胜她万倍的钢琴家。他们都亲热贴心，在圣诞节和暑假城堡前光彩照人，还会慈爱地逗弄最小的家族成员。

她沿着窄道走过怀尔迪书店，橱窗中的法律书并没有引起她的兴致。穿过凯里街后，她走进法院的后门。往下走过一条拱顶走廊，又走过一条长廊，往上走了一段台阶，经过数个法庭，又往下走了一段，然后横穿过一个庭院，停在一条楼梯的底部，在那儿甩干雨伞。这里的气息总是让她想起学校，想起冰冷潮湿的石头散发的气味或产生的触感，也让她想起恐惧和兴奋时的些微震颤。她没有乘坐电梯，而是选择步行上楼。她的脚步重重地落在红地毯上，然后向右转向宽敞的楼梯口，那里有一扇扇门，正对着里头高等法院的法官——这场景活像一个圣诞日历[1]，她有时这样思忖。在每一间宽敞而书卷气十足的房间里，她的同事们常会忘我地沉浸在手头的案子与审讯中，迷失在细节的迷宫与争论分歧中，每到这时，只有某些特定的玩笑和戏谑才能提供些许防御。在她认识的法官中，绝大多数都有一份精妙的幽默感，但今天早上并没人想逗她发笑，为此她深感欣慰。她大概是第一个到法院的吧。根本不像是经历过家庭风暴那样狼狈不堪。

她在门口驻足。奈杰尔·鲍林——他举止得体，也常犹豫不决——正弯腰在她桌前整理文件。每到周一，他们照例彼此寒暄，询问周末过得怎样。她告诉鲍林，她度过了一个“安安静静的”周末，一边说着，一边将修改后的伯恩斯坦案判决草稿递给他。

今天的日程：首先是那件本该在十点开庭的摩洛哥案子。法院确信，案中的小女孩的父亲违背了自己的诺言，将她迁至拉巴特，也就是说，迁到菲奥娜所在法院不具司法权的地区。现在没人知道小女孩的下落，她的父亲也销声匿

① 西方一种特制日历，专门用来记录基督降临节期间的日子——圣诞节前四周。日历在方形卡片上开出一个个小窗口——通常是二十四个——每一个窗口代表一天以及一个与圣诞相关的图像或故事。

迹，急得辩护人不知所措。小女孩的母亲正在接受精神方面的帮助，不过会坚持出庭。庭审意图依据《海牙公约》进行申诉，幸运的是摩洛哥恰是签署该公约的唯一伊斯兰国家。这些都是鲍林在充满歉意的匆忙中告诉菲奥娜的。他在说话时一直紧张地捋着头发，就好像他就是那个劫匪的弟弟。那位可怜无助的母亲——一位身材偏瘦的大学教师——坐在法庭中间时瑟瑟发抖。作为一名精通不丹民俗传说的专家，她将自己的一切都倾注在她唯一的孩子身上。而同时孩子的父亲，也全身心地投入此事，试图鬼鬼祟祟地将女儿从万恶的西方世界中解救出来。此案的文件正躺在菲奥娜的桌上等她定夺。

至于这一天的其他安排，菲奥娜已胸有成竹。她转身走回办公桌，询问起“耶和华见证人”这一委托案的详情。这对父母将会提出寻求法律援助的紧急申请，相关的证明将会在下午颁布。文书告诉她，此案的小男孩得了一种罕见的白血病。

“告诉我小男孩的名字。”她利落地说道，自己也被这样的语气吓了一跳。

鲍林总是在菲奥娜的施压下才会比较谈吐自如，甚至还会揶揄几句。现在他给菲奥娜提供了更多的信息，多得超出她的所需。

“好的，夫人。他名叫亚当，亚当·亨利。是个独生子。父母叫凯文和内奥米。凯文·亨利先生经营一家小公司，做搭建地基、建筑排水系统诸如此类的活儿。显然是个捣鼓挖掘机的行家。”

在桌前待了二十分钟后，菲奥娜重新穿过楼梯口，沿着走廊来到了里屋的咖啡机旁。咖啡机上印着高仿真玻璃图像：烘焙过的咖啡豆从杯中溢出，从杯中流转出的光线显出棕褐色与奶白色。这与隐蔽处的阴影互相交错，如同彩色手稿般栩栩如生。菲奥娜调制了一杯卡布奇诺——里头多加了一剂或两剂浓缩咖啡。她最好能在这儿享用这杯咖啡，这里无人打扰，她可以想象杰克从一张陌生的床上起来，准备赶去工作，与他同床共枕的那个人在心满意足地度过了一段午夜时光后，依旧半睡半醒，正在濡湿的床被间辗转，轻声叫着杰克的名字，唤他回到床边——这画面令人作呕。盛怒之下，她拿起手边的电话，拨打了他们位于格雷律师学院街的锁匠电话，将四位身份识别码告诉了锁匠，指示他给家门换锁。好的，夫人，马上就办。他们对原来的锁了如指掌，而新的钥匙今天就会直接送到河滨大道。菲奥娜迅速行事，还没来得及放下手中烫人的塑料杯，就因为害怕自己转变心意而立即给物业公司副主任打去电话。副主任外表粗粝，实则友善敦厚，菲奥娜将锁匠一事提前告知了他。现在，她成了恶人，而且还因此感觉良好。他要离开她就必须付出代价，其下场就是遭到驱逐，然后哀求原谅，恳请妻子允许他浪子回头。她绝不会让杰克有半点儿脚踏两条船的奢望。

但在端着杯子走回长廊的时候，她却已恍然惊悟到自己刚才的举动是多么荒诞的过激行为。她正在切断丈夫回家的合法权利，而这正是婚姻破裂的一大陈规，也是循循善诱的律师会极力告诫他的委托人——通常是妻子——在法庭未下达指令时万万不可为的。调查夫妻间的争吵滋事，提供建议，做出判定，私下里对离婚夫妻间的恶意相向与无理取闹评头论足，这一切构成了菲奥娜的职业生涯，谁知现在她自己也成了落难夫妻中的一员，在绝望的潮水中随波泗泳。

这些思绪被突然打断。走到宽敞的楼梯口时，她看到舍伍德·朗西法官先生正站在门道间等她。他咧嘴而笑，戏仿舞台上反派角色的动作，摩擦着手掌，暗示菲奥娜他有东西要给她。他对法庭内的最新消息津津乐道，而这些消息通常很精准，他也乐于四处传播。他是为数不多的，也许是唯一一个菲奥娜宁可退避三舍的同事。这并不是因为他这人不讨人喜欢，实际上，他是一个富有魅力的男人，把一切业余时光献给了很久前他在埃塞俄比亚设立的慈善机构。但对菲奥娜来说，他却总让她有种尴尬窘迫的感觉。他在四年前曾接手过一桩谋杀案，那是一次不堪回首的裁决。菲奥娜必须对此保持缄默，也因此而备受煎熬。而这一切就发生在一个美妙的小天地——乡村——中，在那儿，他们通常原谅彼此的过错，大家都因在高等法院中被粗暴推翻的判定而寝食难安，这是他们在法律条文前面对的惩罚。但这可是现代社会最为严重的误判。而可悲的舍伍德！他不智地被一个无知却振振有词的专家证人所蒙骗，导致怀疑与恐惧四起，一个清白无辜、刚刚丧子的母亲就这样被错认为是杀害孩子的凶手而锒铛入狱。她在狱中遭受狱友的殴打凌辱，承受各种小报的妖魔化抨击，一审上诉就惨遭驳斥。但她最终从牢狱中被释放出来后，却染上了酗酒的恶习，并因此了结了此生。

这场悲剧背后的奇异逻辑至今依旧让菲奥娜彻夜难眠。法庭声称，一个孩子死于婴儿猝死综合征的几率为九千分之一。于是，原告方宣称，一对兄妹同时死于该病的几率便是两个九千分之一的乘积——仅仅八千一百万分之一，也就是说几乎没有什么可能性。因此，孩子们的死必定与这位母亲有关。这一说法震惊了法庭以外的世人。如果这个“婴儿猝死综合征”的病因是遗传性的，那么孩子们突然毙命的部分原因就必须归于他们自身；如果病因源于环境因素，他们同样也脱不了干系。倘若这病因同时受遗传与环境的影响，那他们就得承担双份的责任。那么，比较而言，在一个稳定的中产阶级家庭中，两个婴孩被母亲谋杀的可能性又有多大呢？面对这一问题，义愤填膺的概率论专家、统计学者与流行病学家也都无力介入。

在对正当的诉讼失望之际，菲奥娜只需想起玛莎·朗文一案以及朗西的过失，就会对脑中那一闪而过的念头确信无疑：法律——不管她多么钟爱它——在最不堪的情形下并非瞎折腾，而是一条蛇，一条毒蛇。可气的是，杰克竟对这一案件来了兴致。当他们两人之间爆发了不愉快，而且形势有利于杰克一方时，他就公然嫌恶她的职业，反感她卷入这起案件，弄得好像是菲奥娜起草判决书似的。

可是，一旦朗文的首次上诉就遭拒，那么谁可捍卫司法？这个案子从一开始便是一场弄虚作假的闹剧。后来的事实表明，案中的第二个孩子曾遭到侵袭性细菌感染，但那位病理学家却莫明其妙地隐瞒了关键证据。而警方与皇家检察署也迫不及待地期待定罪结案——这简直不可理喻。医学代表在法庭上提供了证据，致使医学界蒙受耻辱。这整个断案体系，这一群由专家团队组成的乌合之众，就这样将一位温厚善良、受人尊敬的建筑师，逼进了被起诉、绝望与死亡的深渊。在裁决婴儿的死因时，面对来自医学界不同证人莫衷一是的证词，法律愚蠢地偏袒有罪裁决，而将迟疑质询或不置可否的谨慎态度弃之一旁。大家一致认为朗西是个很棒的小伙子，而且记录显示，他是个勤勤恳恳的好法官。可是，当菲奥娜听说那位病理学家和医生都已重返工作岗位时，她实在是山穷水尽了。这个案子令她大倒胃口。

朗西举手打了个招呼，菲奥娜别无选择，只能在他面前停下脚步，尽力使自己显得和善友好。

“噢，亲爱的。”

“早上好，舍伍德。”

“我在斯蒂芬·赛得利的新书上读到了一段很棒的对话。正对你的口味。事情发生在马萨诸塞州的一次庭审上。一个百折不挠的盘问者问一位病理学家，他是否百分之百地确信案中的病人在他解剖动手前就已死亡。病理学家回答说他绝对确定。噢，那你凭什么这么确定呢？病理学家回答说，因为这个病人的大脑当时就装在我桌上的实验罐里。可是盘问者依旧穷追不舍，有没有可能这位病人依旧是活着的呢？病理学家答道，要这样说，那他倒真有可能还活着，而且还在哪个地方做律师呢。”

尽管朗西一讲完这故事就纵声大笑，但他的目光却定格在菲奥娜的眼睛上，估摸着她是否跟上了自己的笑点。菲奥娜尽力让自己配合他。拿法律行业开涮恰是法官们的最爱。

最后，她端着不冷不热的咖啡在桌前坐下，凝神思考起那个抚养权被转移的孩子的事情。鲍林在房间的另一边清了清嗓子正想讲点什么，但随后改变主意，没了人影。菲奥娜装作没有注意到他的样子。过了一会儿，她自己的心烦意乱也不见了。她强迫自己专注于眼前的仲裁协议书，并开始快速读了起来。

十点的钟声敲响，菲奥娜负责的案子即将休庭。妻方辩护人请求依照《海牙公约》，让这位悲痛无助的母亲重获孩子的抚养权。而当摩洛哥丈夫的辩护人站起身来企图向她证明这位妻子的担保中存在着模棱两可之处时，菲奥娜打断了他：

“我还以为您会为您这位委托人的所作所为而脸红呢，索姆斯先生。”

这场庭审极富专业性，精彩纷呈。母亲瘦削的身影始终被半遮在辩护人的身后，在愈发抽象难懂的争论中不住瑟缩。很有可能在休庭后，菲奥娜便不会再见到她。这件令人悲戚的案子将交由摩洛哥法官来审理。

接着，菲奥娜受理了一份紧急申请。申请者受一位妻子的委托，请求在案件未决期间仍旧保留其享有赡养费的权利。她听取详情，问了几个问题，然后批准了该申请。到了午饭时间，菲奥娜只想一个人静静待一会儿。鲍林给她带了一份三明治和巧克力棒，好让她在桌前解决午饭。她的手机就放在文件下，最后她终于不由自主地扫了一眼手机屏幕，想看看是否有短信或未接来电。什么也没有。她告诉自己，她既没有失望透顶也没有如释重负。她喝了口茶，给自己十分钟时间看看报纸。报上的新闻大多关涉叙利亚局势，包括实时报道和惨不忍睹的照片：政府炮轰百姓，难民流离失所，诸国外交部长发表有气无力的谴责，左腿截肢的八岁男孩囚在床上，下巴瘫瘪、皮肤泛黄的阿萨德与俄罗斯官员握手，神经性毒气的流言四起。

在世界其他地方，更加深重无道的灾难在上演，不过午餐过后的菲奥娜则需面对更多发生在伦敦的不幸事件。有位妻子提出申请，请求将丈夫赶出家门，菲奥娜对这单薄的一面之词嗤之以鼻。那位律师面容严肃，啰哩啰唆，紧张地眨着眼睛，使得菲奥娜更加恼怒。

“你何必偷偷摸摸地干？我在文件上没看到半点儿这样做的必要。你有没有和丈夫一方沟通过？在我看来，你根本没有。如果这位丈夫愿意向你的委托人做出保证，你就真不该拿这事来烦扰我。如果他不愿意，那你就宣告，我会听取双方的陈述。”

法庭休会，菲奥娜阔步走了出去。之后，她再度回到法庭，开审一项禁令性措施法令，听取正反双方的争论。当事人声称，他害怕前妻的男友向他施暴。大家对这位男友的入狱记录展开法律论证，但他是因欺诈，并非袭击他人而入狱，所以菲奥娜最终拒绝了这项申请。她需要一份法律保证。在办公室喝过一杯茶后，她再次投入工作，受理了一位离婚妈妈的紧急申请。这位母亲希望她三个孩子的护照由法院存管。菲奥娜本想同意此项申请，但当她在论辩中获悉这可能带来严重后果时，就断然拒绝了。

回到办公室时，已是五点四十五。菲奥娜在桌前坐下，木然地盯着前方的一排排书架。鲍林推门而入，吓了她一大跳。大概自己刚刚睡着了，她心想。鲍林告诉她，如今媒体对“耶和华见证人”案兴致颇浓。明天的绝大部分晨报都会刊载相关报道。新闻网站上还贴出了小男孩与其家人的合影。这些消息也许就源于小男孩的父母，也可能是某个见钱眼开的亲戚。文书递给菲奥娜此案的宗卷和一个棕色信封，在菲奥娜的拆封过程中，信封内部传出神秘的叮当声。该不会是哪个心灰意冷的原告寄来的邮件炸弹吧？这种事以前确实发生过，那次的信封里装着一个炸弹装置，但却由于那位恼羞成怒的丈夫拙劣粗糙的组装技术而未能在她当时的文书面前爆炸。不过这一次，菲奥娜从信封中取出的是她的新钥匙。这串新钥匙将开启她的另一种人生，她那波谲云诡的人生。

半个小时后，她动身回家，但她决定绕道而行，因为她实在不愿走进那间空荡荡的公寓。她从大门出来，在河滨大道上一直西行至奥德维奇，而后北转沿国王大道而行。天空中透着战舰般的铁灰色，飘洒着若有若无的毛毛细雨，大街上的高峰拥堵也不似往日那样严重。可以想见，这又是一个漫长昏暗、乌云低垂的夏夜。但此刻，全然的黑暗更合菲奥娜的心境。当菲奥娜经过一家配制钥匙的店铺时，她感到自己的心跳加快。她想象着两人站在广场滴水的树下，怒目而视，因为杰克被锁在门外而与自己厉声争吵。这一切还会传入邻居的耳朵，而他们恰恰也是她的同事。她就会完全理亏。

她掉头东行，走过伦敦经济学院，沿着林肯律师学院运动场，穿过霍尔本街，然后为了拖延回家的时间，再次向西而行，沿着一条条设有维多利亚中期手工工坊的狭窄街道一路往南，如今这些作坊已成为理发店、钥匙店与三明治吧。她穿过红狮广场，经过一张张湿漉漉的铝制空长椅和公园咖啡桌，又走过康威大厅。在那里，有一小群衣着得体、银鬓斑斑，看上去忧心忡忡的人正围聚一团，等着进门。他们也许是贵格会教徒，准备为自己的理念发动夜间抗议。唉，菲奥娜自己也面临这样的夜晚啊。可是由于她身为法律界的一员，加上日积月累的司法经验，她势必得向理念靠拢。即使你抵抗或否定，也无济于事。在格雷律师学院广场的走廊里，不止半打凸饰的请帖正躺在一张抛光胡桃木桌上。法学院、大学机构、慈善机构、形形色色的皇家学会、享有盛誉的名流杰士……他们邀请杰克和菲奥娜·迈耶——他们夫妻俩多年来兢兢业业，终于成了一对小有名气的明星伉俪——身穿华服走入公众视线，扩大其影响力，享用盛宴，攀谈交流，直至午夜时分才驱车回家。

她沿着西奥博德路缓步前行，仍然在推延归家的时刻。她再次纳闷：与其说她失去的是爱，不如说是现代形式上的尊重？与其说她心中惧怕的是福楼拜和托尔斯泰小说中所描绘的轻蔑与放逐，不如说是同情怜悯？一旦成为众人的怜悯对象，也就意味着你在这个社会已一败涂地，行将就木。十九世纪比任何女人想象的都更加近在咫尺。一个女人扮演俗不可堪的角色，只表明她品味低下，而非道德沦丧。躁动的丈夫孤注一掷，勇敢的妻子奋然维护自己的尊严，小情人茫然而无辜。她曾认为自己的表演生涯已经终结于某个夏天的草地上，就在她坠入爱河之前。

事实证明，回家毕竟没有那么困难。偶尔，她比杰克早下班到家，所以当她跨入如避难所般昏暗的前厅，闻到薰衣草芳香剂的香味时，就感到一阵慰藉，这令她吃惊，而她也半真半假地说服自己，之前的一切都没有发生，或者一切都能迎刃而解。在开灯前，她放下包，侧耳倾听。夏日寒流已开启了中央供暖系统。此刻暖气片在冷却时发出杂乱的滴答声。楼下的一间公寓里飘来轻柔的管弦乐，是马勒的曲子，缓慢而安静[①]。一只歌鸫在卖弄似的重复啼唱每个装饰音节，这悠悠的声音顺着烟囱管直入人耳。她穿过一个个房间，打开灯，虽然现在才刚到七点半。她回到前厅去取手提包，发现那位锁匠没有留下任何来过这里的痕迹，甚至连一丝木屑刨花都没有。一位只是过来更换锁芯的锁匠，哪有什么必要留下痕迹，而她又有什么必要在意这些？只是锁匠的来去无踪却让菲奥娜想起杰克的离家，这一念头让她精神颓

① 原文为德语。

丧，为了抵抗这股怅惘，她拿起文件走进厨房，一边快速浏览起明天要处理的案子，一边等着水壶中的水烧开。

她有三个朋友，她可以给她们中的任何一个打电话倾诉，但她没法忍受听见自己向她们解释她的境遇，没法忍受让她们相信这些都是改变不了的实情。还没到获取同情或征求忠告的时候，也还没到听忠诚的密友谴责杰克的所作所为。恰恰相反，她在空虚无聊寂寥麻木中度过了这个晚上。她吃了面包、芝士、橄榄，喝下一杯白葡萄酒，在钢琴前度过了一段宛似永无止境的时间。刚开始，她洒脱不羁地弹奏巴赫变奏曲。菲奥娜与一位名叫马克·伯纳的律师偶尔会一起演奏歌曲，在她下午看到的名单中，伯纳会在明天的“耶和华见证人”一案中代表医院出席。过几个月后，也就是在圣诞节前夕，他俩会在格雷律师学院大厅参加下一场音乐会，而他们还没商定要表演的曲目。不过，有几首保留曲目是他们熟记于心的，而此刻，菲奥娜正弹奏着这些曲子。她在脑海中想象其中男高音的部分，反复回味舒伯特那哀伤的“街头艺人”，这位怀抱摇弦琴的男人，穷困潦倒又命运多舛，屡遭世人冷落。这样的全神贯注免于她胡思乱想，她忘了时间的流逝。当她最后从琴边的高脚凳上起身时，她的膝盖和臀部都已发僵。在淋浴间她吞下了半片安眠药，然后盯着掌心中破碎的另一半药片，也将它服了下去。

二十分钟后她来到床边，躺在属于她的那一侧。她闭眼收听新闻广播，先是航运预报，然后是国歌，再后是“全球时报”。在等待睡意袭来之时，她听到今天第二次，可能是第三次新闻播报，紧跟着有人冷静地点评起今日发生的暴行——在巴基斯坦和伊拉克，几名自杀式炸弹袭击者闯入拥挤的公共场所；在叙利亚，平民区遭受惨烈的炮击；而伊斯兰教国家间的战争致使城内满是扭曲变形的车架骨与碎石瓦砾，集市中尸横遍野，而对此种种，百姓们震惊悲伤，哀恸不已。随后播音员转而议论起瓦济里斯坦上空的美国无人驾驶机，上个星期对一场婚礼派对的血腥袭击。理性的声音持续回荡在这一夜晚，菲奥娜蜷缩一团，准备投入悒郁的睡梦中。

* * *

那天早晨过得飞快，跟其他的几百个日子没有任何不同。接受申请、采纳意见、听取辩论、做出判决、发布命令，菲奥娜在办公室和法庭之间穿梭，路上碰见同事，匆匆寒暄几句，居然带着点喜庆的感觉。法庭上，书记员喊了声“全体起立”，声音里还带着些许疲惫。她朝着开场律师微微点下头，偶尔讲个冷笑话，双方律师便堆起一脸的谄媚奉承，并且毫不掩饰其中的做作。当事人呢，要是对闹离婚的夫妇的话（这个星期二的早晨，全都是离婚官司），便坐在各自律师身后，离得老远，丝毫没有想笑的心情。

那她的心情又是怎样的呢？她相信自己还算理智，善于控制和定义情绪，她还察觉到自己已有了显著的变化。昨天的她，极度震惊，感觉一切都难以置信，难以接受。做好了准备告诉自己，顶多就是要承受来自亲朋好友的怜悯，还有社交上的极度不便——那些印着华丽图案的请柬她该怎么拒绝啊，一边要拒绝，一边自己的尴尬还得藏着掖着。今天早上，醒来感到床的左边一半一片冰凉（这也算是一种截肢吧），她第一次感受到了传统意义上被遗弃的痛苦。她想到了杰克，想到了他最好的时光以及那时她对他的渴望，想到了他多毛的小腿，虽瘦骨嶙峋却不失强健。那个时候，闹钟第一次“侵扰”的时候，半睡半醒之间，她会把软软的脚掌顺着他的小腿往下滑，然后躺在他张开的胳膊上，躲在暖暖的羽绒被下，对着他的胸膛，等着闹钟第二次响起。起床穿上成人的盔甲之前，她可以像个赤裸裸的孩子一样，尽情地向杰克撒娇，但是今天早晨，她感受到的第一件大事，就是她的这一基本权利已被剥夺。当她站在浴室里，脱下睡衣的时候，她觉得全身镜里自己的身体看起来蠢透了。某些部位不可思议地变小了，另一些部位则臃肿不堪。臀部肥大。就像个荒诞透顶的包裹，上面写着“易碎品，正面朝上”。都这样了，谁又会不想离开她呢？

洗漱、穿衣、喝咖啡，给清洁女工留纸条配新钥匙，一气做下来，刚才那些阴郁的情绪得到了控制。于是她便开始了早晨的工作，在邮件、短信、公告里搜索丈夫的影子，什么都没有。于是她收起文件，拿起雨伞、手机朝单位走去。他的沉默显得那么绝情，绝情到令她震惊。她只知道那个统计员梅勒妮住在麦斯威尔山附近。要想找到她，或是去学校找杰克也不是不可能。但万一看到他在走廊里朝着她走去，看到他和他的情人手挽手，那种羞耻让她何以自处？除了毫无意义、自取其辱地求他回家，她还能说什么？无非就是证实一下舍弃这段婚姻的是他而不是她，而他则会又一次跟她解释，可这个解释她早就知道，也不想再听。所以她就等，等着某一天，他用到某本书了，缺了件衬衣或是少了副球拍得回家了，等着他的将是大门紧锁的公寓。到时候可就轮到他来找她了。等他们最后说上话的时候，那也是在她的地盘，在自己的地盘上起码能保全尊严，至少表面如此。

虽然表面上看不出来，但星期二早上开工的时候她心情很沉重。那天上午最后一个案子，因为商业法的繁杂争论给耽误了。丈夫宣称说法庭判他付给妻子的三百万英镑不归他个人，而是他公司的钱。之后，事实慢慢浮出水面，这个公司既不生产任何东西，也不提供任何服务，而他是公司的唯一主管，同时也是唯一员工，这其实就是个幌子，就为了逃税。菲奥娜更倾向于支持妻子。整个下午都在忙医院对耶和华见证人的紧急诉讼请求。坐在办公室的桌子边，她一边啃着三明治，就着苹果当午饭，一边还看着呈递材料。与此同时，她的同事们却在林肯律师学院享用豪华午餐。四十分钟后，她朝着八号审判庭走去时，思绪变得清晰起来。这可是件生死攸关的事情啊。

她一走进去，全体人员都站了起来。她坐下来，看着下面各方也都慢慢就座。她的手肘边放着一叠薄薄的乳白色稿纸，她把笔放在旁边。直到那一刻，直到看见那一叠白纸的那一刻，她的个人处境才彻底消失，不再有私生活，而是专心致志，心无旁骛。

她面前一共有三方。代表医院的是皇家律师马克・伯纳，另外还有两个事务律师提供协助。代表亚当・亨利、他的监护人，也就是儿童及家事法庭咨询与支持服务署的工作人员的是一位年长的出庭律师约翰・托维以及他的事务律师，菲奥娜并不认识他。代表家长的也是一位皇家律师，叫莱斯利·格里夫，另外还有两位事务律师。亨利夫妇则坐在他们旁边。亨利先生皮肤黝黑，清瘦，西服考究精致，再配上领带，要说他是法院的成功人士也不为过；亨利太太身形圆润，戴一副大大的红框眼镜，衬得眼睛越发的小了。她两臂交叉，直直地坐着。两个人看起来都很镇定。菲奥娜猜想，外面走廊里估计马上就会聚满记者等着她叫他们进来聆听判决了吧。

她开口道："大家都知道，今天我们之所以聚在这里，都是为了同一件紧迫的事情。时间就是生命。请各位牢记这点，发言时做到言简意赅，直击要点。伯纳先生，您先开始。"

她把头转向他，他便站了起来。他谢顶，体型庞大，双脚却很娇小——据说是五码[①]——因为这个还有人在背后嘲笑他。他的嗓音还不错，算是个嘹亮、醇厚的男高音。去年在格雷律师学院，在一位酷爱歌德的上议院高级法官的退休晚宴上，他们两个还合作表演过舒伯特的《魔王》，那称得上是他俩的辉煌时刻。

"法官大人，正如您所说，情况紧迫，我将长话短说。申请方是旺兹沃思艾迪丝·卡维尔综合医院，医院请求本庭治

---

① 相当于中国38码。

疗一名男孩，即材料中所提 A。再有不到三个月，A 将年满十八周岁。5 月 14 日，他戴上护具，为学校的板球队开球时，感到腹部剧痛。随后的两天中，疼痛加剧，简直难以忍受。尽管全科医师医术高明，经验丰富，仍然不知所措，于是推荐——”

“这些我都看过了，伯纳先生。”

律师继续发言。“法官大人，既然如此，那么我认为对于亚当患有白血病的事实，各方应该都没有异议。医院希望用四种药物对其进行常规治疗，该方法在世界范围内都已得到认可，被血液病学家广泛运用。我可以出示——”

“没有那个必要，伯纳先生。”

“谢谢，法官大人。”

伯纳先生快速说明了针对白血病的传统治疗流程，这次菲奥娜没有打断他。四种药物中，有两种直接作用于白血病细胞，另外两种在治疗过程中会对身体造成伤害，尤其是对骨髓有影响，进而损害身体的免疫系统，减弱其生产红细胞、白细胞以及血小板的能力。因此，治疗过程中经常需要进行输血。但是在这个案子中，医院却无法进行输血。亚当和他的父母都是耶和华见证人的信徒，接受外界的血液产品与其信仰不符。除了这点，亚当和他父母愿意接受医院提供的一切治疗。

“那医院都提供了哪些治疗呢?”

“法官大人,根据患者家人的意愿,医院只开具了专门针对白血病细胞的药物。但仅凭这两种药物是不够的。关于这点我想请我们的血液病专家出庭。”

“好的。”

罗德尼·卡特先生站到证人席,进行了宣誓仪式。他身材高大,稍微有点驼背,表情严肃。眉毛虽已花白,却仍旧浓密。眉毛下面一双眼睛怒目而视,带着满满的鄙夷。一块丝质方巾从他灰白色三件套西服最上面的口袋里探出头来。他给人留下了这样一种印象:这些法律程序都是胡扯,应该一把抓住亚当的脖子,拽着他立即进行输血。

接下来就是一些常规问题,以证明卡特的诚意、经验和资质。菲奥娜轻轻清了下嗓子,伯纳便心领神会,继续问了下去。他请卡特医生为法官总结一下病人的情况。

“一点也不好。”

伯纳请他详细说明。

卡特吸了口气,看了看周围,看见病人父母,又把目光移向远处。他说,病人很虚弱,且正如他所料,正在表现出气喘的初期症状。假如能够放手治疗的话,他预计病情完全缓解的几率在百分之八十到九十之间。但从目前情况来看，缓解的几率大大降低。

伯纳请他就亚当的血液问题给出一些具体的数据。

卡特说，亚当刚入院时，血红蛋白的数量是每升 8.3 克，而正常值应该在每升 12.5 克左右。该数值还在持续下降。三天前已降至 6.4，今天早上已经到了 4.5。如果数值持续下降到 3，情况将会变得异常危险。

马克·伯纳本想再问一个问题，但卡特继续说了下去。

“白细胞的数量一般在 5—9 之间。患者现在是 1.7。至于血小板——”

“您能告诉我血小板的作用吗？”菲奥娜打断了他。

“用于血液凝结，法官大人。”

正常值应该是 250，而患者的数量是 34。一旦血小板数量降低至 20 以下，就会出现自发性流血。说到这儿，卡特先生稍微转了转头，不再看律师，好像是在对患者父母说话。他沉重地说道：“最近一次分析显示，患者体内没有造出新的血液，而一个健康青少年每天应该能生产五千亿个血细胞。”

“卡特先生，那如果能够进行输血的话会怎样呢？”

“那病情得到缓解将很有希望。虽说不如一开始就进行输血。”

伯纳稍作停顿，然后继续问话。但这次他压低了声音，生怕亚当·亨利无意中听到他的话似的。“您跟您的病人讨论过不进行输血造成的后果吗？”

“只是大体说了下。他知道不输血他就活不了。”

“但他不清楚到底是怎么个死法。您能否给法庭大致描述一下呢？”

“您要是想听的话当然可以。”

伯纳和卡特貌似串通起来，要给患者父母描绘那些可怕的场景。这个办法合情合理，所以菲奥娜并未干涉。

卡特慢慢说道：“情况将会令人心碎，不仅患者自己如此，治疗他的医疗团队也是如此。团队中有些人很生气，他们常给病人输血，用美国人的话说，一挂一整天。真心不明白自己为什么就是不能救助这个病人。病情恶化的其中一个特点就是呼吸困难。每呼吸一次，就好像一场战斗，而且是注定失败的战斗。那种感觉非常恐怖，就好像慢慢溺水。在那之前可能还会有内出血，也有可能会出现肾衰竭。有些患者还会失明，或者可能会中风，同时对神经系统造成一些影响。每位患者情况不尽相同。唯一能确定的是，他一定会死得很惨。”

“我问完了，谢谢您，卡特先生。”

代表家长的莱斯利·格里夫站了起来进行交叉诘问。菲奥娜听过他的名字，但一时想不起来有没有跟他在庭上见过。她在法院见过他——一头银发，梳了个中分，带点纨绔习气。他颧骨很高，鼻子又长又瘦，鼻翼张开，带着一股子傲气。他步履轻松，毫不拘束，同他那些战战兢兢、神情严肃的同事相比，倒是截然不同。他这股子轻松愉悦的劲头本来挺好，偏偏美中不足的就是他的视力。好像是有点斜视，因为他真正想看的和他表面上瞅的老是不一样。这点不足反而使他更具吸引力。有时候交叉诘问的时候，他这样会扰乱证人。这会儿呢，可能又把我们这位医生给惹火了。

“卡特先生，自由选择治疗方式是成年人的一项基本人权，对此您认同还是不认同？”他问道。

“认同。”

“未经同意进行治疗实际上已对病患构成侵权，又或者说构成了人身攻击。”

“我同意。”

“而根据法律规定，亚当已经接近成年了对吧。”

“就算他明天早上过生日，今天他也不能算是成年人。”

卡特语气强烈，但格里夫仍然不为所动。“亚当马上就成年了。他不是已经清晰明白地表达过自己对于治疗的看法了吗？”

听到这话，血液顾问的腰杆儿挺直了，看起来还高了一英寸。“他的看法其实是他父母的看法。他拒绝输血的理由建立在一个宗教膜拜的信条之上，而他更有可能成为他们的殉道士，死得毫无意义。”

“膜拜这个词有点过了吧，卡特先生。”格里夫低声说道。“您自己有什么宗教信仰吗？”

“我是英国国教徒。”

“那英国国教算是膜拜吗？”

原本在低头记笔记的菲奥娜抬起头看了看。格里夫看到，立马噘了噘嘴，停了一会儿深吸一口气。医生看上去要愤然离席了，但律师的问话还没完。

“卡特先生，你知道世界卫生组织预计有百分之十五到百分之二十的新感染艾滋病病例都是由输血引起的吗？”

“我们医院从没出现过这种情况。”

“世界多个国家的血友病患者都大规模感染了艾滋病，对吗？”

“那是很久之前的事了，现在已经不是这样了。”

“输血也可能引起其他感染对吧？肝炎、莱姆关节炎、疟疾、梅毒、南美洲锥虫病、移植物抗宿主病，输血相关的肺病。

当然，最后还有各种克-雅二氏病。”

“这些情况都非常少见。”

“但确有发生。然后还有血型不匹配引起的溶血反应。”

“这种情况也很少见。”

“真的吗？卡特先生，请允许我引用权威杂志《血液保护手册》中的一段话：‘从抽取血液样本到受血者接受血液中间至少有二十七个阶段，而其中任何一个阶段都有可能出现差错。’”

“我们的员工都训练有素，一丝不苟。近几年没有出现过一起溶血反应。”

“那么，卡特先生，综合考虑这些危险因素，即便不是您所谓的异教组织的成员，这些因素是否也足以让一个理智的人有所顾虑呢？”

“现在的血液产品都是经过最高标准检验的。”

“即便如此，在接受输血之前有所迟疑也并非完全不可理喻吧。”

卡特想了想，说道：“有所迟疑还勉强能理解。但是像亚当这种情况，拒绝输血就有点不可理喻了。”

“既然您也承认有所迟疑是可以理解的，那么考虑到各种感染和差错，病人坚持要求治疗需要经过本人同意也就没什么不合理的了，对吧？”

会诊医师竭力控制情绪。“您这是在玩文字游戏。如果我无法为这位病人输血，他可能就恢复不了，至少也会失明。”

“考虑到各种风险，在行业内部，输血过程中是不是有些欠妥的做法呢？我猜您又会说这个也是没有事实依据的对吧，卡特先生？这其实很像过去的放血疗法，不过过程正好相反罢了。按照常规，病人在手术中失血达到三分之一品脱就会进行输血，对吧？但献血者却要献出一品脱的血，然后就被放回去工作了，跟没事似的。”

“对于别人的临床判断，我无权评论。不过按常理来说，因手术而造成身体虚弱的人应该享有上帝赐予我们的所有血液。”

“现在耶和华见证人的病人不都是通过无血手术进行治疗的吗？根本就不需要进行输血。请允许我引用《美国耳鼻喉科学》上的一段话：‘无血手术已经成为一种不错的治疗方式，在未来有可能被广泛接受，成为医学治疗的标准。’”

“我们今天不是来讨论手术的。”医学顾问轻蔑地反驳道。“因为治疗使得病人不能自我造血，所以病人需要输血，就这么简单。”

“我问完了，谢谢您，卡特先生。”

格里夫坐下之后，亚当·亨利的律师约翰·托维气喘吁吁地站起来进行交叉诘问。他拄了一根顶部镶银的拐杖。

“很显然，您跟亚当单独谈过对吧。”

“是的。”

“您认为他的智力水平怎么样？”

“非常聪明。”

“他口齿清楚吗？”

“清楚。”

“他的判断力、认知力有没有受到病情的影响？”

“目前还没有。”

“您有没有建议过他进行输血？”

“建议过。”

“那他是怎么回答的呢？”

“基于他的宗教信仰，他严词拒绝了。”

“对于他的年龄，您能具体到多少岁几个月吗？”

“他十七岁零九个月了。”

“我问完了，谢谢您，卡特先生。”

伯纳起身进行二次询问。

“卡特先生，您能再说一下您专攻血液学多长时间了吗?”

“二十七年了。”

“输血造成不良反应的风险有多大?”

“很低。以亚当的情况来说,跟不输血造成的后果相比,不良反应的风险根本不值一提。”

伯纳表示他没有问题要问了。

菲奥娜说道:“卡特先生,在您看来,我们还有多长时间来解决这个问题?”

“如果明天早上还不能进行输血,情况就比较危险了。”

伯纳坐了下来。菲奥娜谢过医生,医生则朝她匆匆点了点头,可能还带着些许愤恨,然后便离开了。格里夫起身,说将马上传唤亚当的父亲。亨利先生站上证人席,问能不能用《新世界译本》发誓,文书说只有钦定版的。他点了点头,在钦定版上发了誓,然后将目光缓缓落在格里夫身上。

凯文·亨利身高大约五英尺六英寸[①],身形轻盈又不失强壮,像马戏团里高空秋千的表演者。虽说平时打交道的都是挖掘机,但他穿上剪裁得体的灰色西装,戴着浅绿色的丝质领带,倒也泰然自若,风度翩翩。莱斯利·格里夫的问题

① 约165厘米。

主要围绕亨利从年轻时的奋斗到后来组建温馨、稳定、幸福家庭的过程。谁又能怀疑他的话呢？亨利夫妇年纪轻轻，十九岁就结了婚，到现在已经十七年了。刚开始亨利给人家当苦力那几年，日子过得很艰苦。那时候，他“有点狂野”，酗酒，还虐待妻子内奥米。（虽说他从来没有打过她。）后来，因为老是迟到，他被开除了。如此一来，房租也交不起了，孩子老是整夜整夜地哭，夫妻两个也总是吵架，邻居们怨声载道。房东还曾威胁要把他们从他们位于斯特里萨姆的只有一个卧室的公寓里赶出去。

直到一天下午，两个彬彬有礼的年轻美国小伙子来到家里传教，才把他们从原来的生活中解救了出来。第二天他们又来了，这次见到了凯文。一开始，凯文对他们抱有敌意。后来，他和内奥米去参观了最近的王国聚会所，受到了热烈欢迎；见了一些友好亲切的人，很快跟他们成为朋友；和会众长老进行了有益的交流；还研习了《圣经》，当然一开始感觉比较难。就这样，秩序与平和慢慢地进入到了他们的生活中。凯文和内奥米开始生活在真理之中。他们了解到上帝已为人类安排了未来，并通过传达上帝的旨意来履行自己的职责。他们发现人间确有天堂，只要他们加入耶和华见证人、成为充满恩典的“传道人”，他们就能进入天堂。

他们逐渐明白了生命的可贵。成了好爸爸好妈妈之后，儿子也变得平和多了。凯文参加了一个由政府资助的培训课程，学习如何操作重型机械。他获得资质不久就找到了工作。带着亚当去王国聚会所致谢的路上，亨利夫妇互表爱意，告诉对方自己重坠爱河。他们在大街上手拉着手，这在之前可是从来没有过的。从多年前的那时候起，他们就一直生活在真理之中，在耶和华见证人这个充满真理、隐秘却友爱的小圈子里抚育亚当。五年前，亨利自己开了家公司，拥有了几台挖掘机、倾卸车和一台起重机，还雇了九个人。现在上帝把白血病降临到了自己儿子身上，凯文和内奥米也面临着信仰的终极考验。

对于出庭律师的每个暗示性问题，亨利先生都给出了深思熟虑的回答。他恭敬有礼，但并不像大多数人那样畏惧法庭。说到自己早年的失败经历，他显得大方坦率。回忆起牵手事件，也没有局促不安，还毫不犹豫地当庭用了“爱”这个词。他时不时地从回答格里夫的问题转向直接对话菲奥娜，与她进行目光交流，所以很自然地她也就注意了一下他的口音。带一点伦敦腔，夹杂着一丝英格兰西南部口音——听这口音就知道这个人颇具自信，对自己的能力深信不疑，习惯于发号施令。有些英国爵士乐手说话就这样子。她认识的某位网球教练，以及她在法庭上见过的几名卸任军官、高级警员、医护人员、油井工头，都是这样说话的。这些人虽非掌控世界的大人物，但正是他们让这世界正常运转。

格里夫停顿片刻，给这五分钟画上了休止符，然后轻声问道："亨利先生，您能告诉法庭亚当为什么拒绝输血吗？"

亨利先生稍作犹豫，就好像第一次考虑这个问题似的。他不再看格里夫，而是直接对着菲奥娜。"您得明白，血液乃人之精华。它是我们的灵魂，是生命之所在。正如生命很神圣，血液也同样神圣。"他貌似说完了，但很快又接着说："血液代表着生命赐予我们的礼物，对此每个活在世上的人都应该心存感激。"他说这些话的时候，听起来并不像是在谈论自身珍视的信仰，反倒像是在陈述事实，就好像工程师描述桥梁结构一样。

格里夫默默地等着，想用沉默告诉亨利他还有问题要回答。可是凯文·亨利已经说完了，直直地看着前方。

格里夫继续问道："那如果说血液是一种礼物的话，你儿子为什么要拒绝医生的礼物呢？"

"把自己的血同动物或是他人的血混在一起是一种玷污，是对造物主美妙礼物的一种拒绝。这就是为什么上帝在《创世记》、《利未记》和《使徒行传》中对此进行了明确禁止。"

格里夫点了点头。亨利先生又简单补充道:“《圣经》即为上帝之言。亚当明白,我们必须遵守上帝的旨意。”

“亨利先生,您和您妻子爱您的儿子吗?”

“当然啰,我们很爱他。”他轻声说着,看了看菲奥娜,眼神中带着挑战和蔑视。

“那如果拒绝输血意味着他的死亡呢?”

这次,他又看了看前方镶着木板的墙。再次开口的时候,声音变得紧张僵硬起来。“那么他将会占据他在天堂王国的位置。”

“如果那样的话,您和您妻子会作何感想呢?”

内奥米·亨利仍然直直地坐着。她戴着眼镜,所以看不出来她的表情。她已经转过身来,对着律师,而不是证人席上的丈夫。她的眼睛缩在镜片后面,从菲奥娜的位置也看不清楚她是不是睁着眼睛。

凯文·亨利说道:“他必须做对的事情,做上帝要求的事情。”

格里夫又等了一会儿,然后用降调问道:“您将会悲痛欲绝的,对吗,亨利先生?”

律师的故作温情,让这位父亲说不出话来,只能点头示意。菲奥娜看到,他恢复情绪的时候喉结动了一下。

出庭律师问："拒绝输血是亚当的决定呢，还是说这其实是您的想法？"

"即便我们想替他拒绝，我们也做不到。"

格里夫顺着这个话题又问了几分钟，想要证明亚当并未受到不当影响。偶尔有两位长老去医院看他，也是单独跟他进行交流，并未邀请亨利一起。不过事后在医院的走廊里，两位长老告诉亨利说，他们很钦佩亚当对于自身情况的掌控能力，而他对《圣经》的了解更是令他们感动。他明白自己的心意，无论生死，都将与真理同在。对此，他们感到非常满意。

菲奥娜感觉到伯纳要提出反对了。但伯纳知道菲奥娜不会浪费时间驳回亨利先生这道听途说的证言。

莱斯利·格里夫的最后一组问题，是请亨利先生详细说明他儿子的心理成熟程度。而亨利先生的回答中则透着骄傲，语气中根本听不出来这是一个马上要失去爱子的人。

直到三点半，马克·伯纳才起身进行交叉诘问。他首先表达了对亨利夫妇的慰问，并希望亚当能完全康复。毫无疑问，这表示他要准备发威了，至少在菲奥娜看来是这样的。凯文·亨利微微点头。

"亨利先生，首先，我想弄清楚一个很简单的问题。您提到的那些《圣经》书籍《创世记》、《利未记》和《使徒行传》禁止进食血液。其中有一个例子是劝诫信徒远离血液。比如说，在《新世界译本》的《创世记》中，原话是这样的：'惟独肉带着血，那就是它的生命，你们不可吃'。"

"没错。"

"所以说，其实并没有提到输血的事。"

亨利耐心地说道："您去查看一下希腊和希伯来语的原文，就会发现原文中有'吸收血液到身体中'的意思。"

"好吧。但是那些文字都来自铁器时代，那时候根本没有所谓输血这个概念，对于不存在的东西又何谈禁止呢？"

亨利摇了摇头。"上帝心中绝对有这层意思。您得明白，书中内容都是他的话。他激励被选中的先知来书写他的旨意。不管什么时代，石器时代还是青铜器时代都无关紧要。"他的声音中带着一丝怜悯，又或者是一种宽容。

"也许您说的也有道理吧，亨利先生。但是很多耶和华见证人的信徒都严格按照字面意义理解，对输血问题提出质疑。他们已准备好接受血液，或是某种特定的血液产品，同时还不背弃自己的信仰。小亚当不是还有其他路可走吗，您可以尽自己一份力劝劝他，让他接受其他选择好救自己一命。"

亨利回头转向菲奥娜。“确实有极少数人背离我们的核心指导原则。但我们教会里面没有这样的人，我们的长老态度也很明确。”

头顶上的灯一闪一闪，明亮的光照在伯纳先生锃亮油光的头皮上，简直就是在嘲弄这位虚张声势的盘问律师。他用右手抓着夹克的翻领，说道：“这些严厉的长老每天都去看您儿子，对吧？他们千方百计，就怕他改变心意。”

凯文·亨利第一次表现出了恼怒。他朝着伯纳摆好架势，抓着证人席的边缘，身体稍稍前倾，看起来就好像被一根隐形的绳子牵着一样。但他的语调仍然很冷静。“他们都是善良正派的人。另外还有其他教会的牧师也到病房去探望。我儿子从长老们那里获得建言和安慰。他要不想让他们去，肯定会告诉我的。”

“他要是同意输血的话，是不是就如您所说的——他将被‘逐出教会’？换句话说，他就被赶出耶和华见证人的团体，是这样吗？”

“我们会与他一刀两断。但这种情形不会发生。他是不会改变心意的。”

“亨利先生，严格意义上说，他还是个孩子，由您照顾的孩子。所以我想改变的是您的心意。他很害怕被‘摈弃’，您是不是这么说的？他害怕违背您和那些长老的意愿而被摈弃。他害怕自己因为选择活下去而不选择悲惨地死去，他所有的亲人都会因此离他而去。对一个年轻小伙子来说，这就是所谓的自由选择吗？”

凯文·亨利停下来思索了片刻。他第一次回头看了看妻子。“您要是跟他待上五分钟，就会明白他是一个知道自己要什么的人，能够根据自己的信仰做出决定。”

“我倒觉得他是个担惊受怕的孩子，身患重病却还在极力博取父母的认同。亨利先生，您有没有告诉亚当，如果他愿意的话，他是可以接受输血的？您有没有跟他说，即便他接受输血，您仍然爱他？”

“我跟他说过我爱他。”

“只有这个？”

“这就够了。”

“您知道耶和华见证人是从什么时候开始命令信徒不得接受输血的吗？”

“《创世记》中有记载。从上帝创造宇宙天地开始的。”

“亨利先生，是从 1945 年开始的。在那之前，输血是完全可行的。现代布鲁克林的一个委员会就决定了您儿子的命运，难道您乐见这样的结果？”

凯文·亨利压低声音，可能是出于对所谈论话题的尊重，不过也有可能是因为这个问题比较棘手。他的声音中带着一丝温暖，回答的时候再次把菲奥娜牵扯了进来。“圣灵指引它选定的代表——法官大人，我们管他们叫奴隶——帮助他们明白原先不能理解的真理。”然后转向伯纳，平静地说道：“委员会为我们提供了同耶和华沟通的渠道。我们听到的是他的声音。如果说教义有什么变化的话，那也是因为上帝在一点点地展露他的旨意。”

“但这个声音对异议可是不怎么容忍啊。在1914年10月出版的《瞭望塔》[①]杂志上有这么一段。撒旦在叛乱起初主张独立思考，因此耶和华见证人的信徒务必避免此类思考。亨利先生，难道您就是这么教亚当的吗？告诉他要当心撒旦带来的坏影响？”

“我们更愿意避免异议和争吵，保持团结一致。”这时亨利先生的自信心开始膨胀。他看起来好像是单独在跟律师说话。“您可能根本就不懂什么叫做服从上级权威。您得明白，我们是自愿服从权威的。”

马克·伯纳抿着嘴，脸上闪过一丝微笑。可能是觉

① 耶和华见证人会的宗教杂志。

得这对手还真是厉害。“您刚才跟我那博学的同事说，二十来岁的时候，您的人生一团糟糕。您说自己当时有点狂放不羁。亨利先生，许多年前，也就是您跟亚当差不多大的时候，说您明白自己心里的想法，这几乎是不可能的吧。”

“亚当一生都活在真理之中，而我可没他那份幸运。”

“我记得您还说过，您发现生命是宝贵的。您是指他人的生命呢还是只是说您自己？”

“万物众生的生命都是上帝赐予的礼物，也将由上帝收回。”

“这话说起来倒轻松，亨利先生。要被收回的又不是您自己的生命。”

“相比于自己，亲生儿子没命了更痛苦。”

“亚当在写诗吧。您赞同吗？”

“我觉得这跟他的命没什么关系。”

“因为这个您跟他吵过架，是吗？”

“我们进行过非常严肃的交谈。”

“亨利先生，您认为手淫是一种罪过吗？”

“是的。”

“那堕胎呢？同性恋呢？”

“都是。”

“这些都是你们教亚当相信的东西吗?”

“他知道这些都是真的。”

“谢谢您,亨利先生。”

约翰·托维站了起来,不知怎么有点气喘吁吁。他告诉菲奥娜鉴于时间关系,他不再询问亨利先生,但是想要传唤一位叫玛丽娜·格林的社工。她是儿童及家事法庭咨询与支持服务署的干事。玛丽娜·格林身形瘦弱,一头淡黄色的头发,说起话来简短而精确。这种风格在下午这个点儿还是挺受用的。她说亚当智商很高,熟读《圣经》,也知道目前的争论,说自己已准备好为信仰献身。

他说过下面这一段话——在这里,经法官允许,玛丽娜·格林念了一段她笔记本电脑上的话。“我是独立的个体,不是我父母的附属品。无论我父母怎么想,我都是在自主做决定。”

菲奥娜问格林女士,您觉得法庭应该怎么判决。她先是为自己不清楚法律细则条款表示歉意,说自己想法很简单,这个小伙子确实聪明过人,表达清晰,但他还很年轻。“一个孩子不应该为了宗教而献出自己的生命。”

伯纳和格里夫都婉言谢绝了交叉诘问。

* * *

听证会结束前，菲奥娜宣布暂时休庭一会儿。她快速回到办公室，坐在办公桌前喝了杯水，检查了下邮件和短信。邮件很多，短信也很多，但就是没有杰克的消息。她又查了一遍，还是没有。她现在感受到的不是伤心，也不是愤怒，而是一种被挖空的感觉，那种空虚跟随着她，威胁着要湮没她的过去。这又是一个阶段。曾经那么亲密的人，如今却能如此残忍，让她觉得难以相信。

几分钟后回到法庭，对她来说是一种解脱。伯纳站起身，不可避免地把争论的焦点推到"吉利克能力"。"吉利克能力"这一概念是斯卡曼大法官提出的，在家庭法和儿科学领域都有涉及，而这位出庭律师现在引用的正是他的话。儿童，即未满十六周岁的自然人，"在达到心智成熟，能充分理解议题的前提下，有权决定自身的治疗方法"。医院的诉求是不顾亚当·亨利的意愿，对其进行治疗，伯纳代表的是医院，现在他却提到了"吉利克能力"，无外乎是为了先发制人，阻止格里夫代表家长就这个问题进行辩论。抢占先机，甩出术语。他语言精练且语速很快，男高音顺滑流畅，清晰准确，就像当时吟唱歌德的悲剧诗篇时一样。

不言而喻，伯纳说，不接受输血本身就是一种治疗方法。负责照顾亚当的那些医务人员，没有一个人怀疑过他的智商、他高超的表达能力以及他对阅读的热情和兴趣。他曾在诗歌比赛中获过奖，那是一场由一家权威的国际级报纸举办的比赛，能背一长段贺拉斯的颂诗，真的是一个很特别的孩子。法庭刚刚也听到会诊医师说他聪明过人，表达清晰。可是问题的关键在于，刚刚医生也说了，亚当只是隐约知道不输血的后果。对于等待他的死亡，他存有这么一个宽泛的，甚至带点浪漫的概念。因此，他并未满足斯卡曼法官提出的"能充分理解议题"的条件。医务人员也都不愿意解释给他听，当然他们这么做是完全正确的。这一点高级医务人员最有资格做出判断，他的结论也很清楚。亚当并不具备"吉利克能力"。其次，即便他具备了"吉利克能力"，有权利同意或否决治疗方法，这跟拒绝能救命的治疗也是两码事。法律在这一点上很明确。他必须等到十八岁，才能享有自主决定权。

第三，伯纳继续说道，输血之后感染的风险显然是极小的。而不进行输血造成的后果却确定无疑、非常恐怖，还有可能危及性命。第四，亚当同他父母的信仰恰好完全一致，这绝非偶然。从小在父母真诚强烈的宗教信仰的氛围中长大，亚当也成了一个充满爱心、忠诚献身的孩子。正如医生极力说明的那样，亚当对于血制品的这种极不寻常的态度并非来自自己。毫无疑问，我们所有人在十七岁的时候都有过如今想来让自己尴尬窘迫的信仰吧。

伯纳迅速作了总结。亚当还不到十八岁，不了解拒绝输血之后等待他的痛苦考验。从小在教会长大，受到了教会的不当影响，并且知道自己一旦改变心意，将会造成负面影响。真正理智的当代父母，是不应该屈从于耶和华见证人的观点的。

马克·伯纳转身坐下时，莱斯利·格里夫早已站在菲奥娜左边几英尺的地方开始辩护。他同样也想把她的注意力引向斯卡曼法官的声明。“病人有权做出自己的决定，此乃基本人权，受到习惯法保护。”因此，假如病人心智健全，具有足够的判断力，法庭就不该干涉病人的决定。揪着亚当十八岁生日之前这两三个月的时间不放，靠数字当挡箭牌显然是不够的。对于一个严重影响个人基本人权的问题，仅仅诉诸数字的魔法有失妥当。在本案中，患者已多次清晰表达坚持自身意愿，比起十七岁，更应该说他早已十八。

格里夫闭着眼睛，努力回想 1969 年《家庭法改革法案》第八条的内容：“对年满十六周岁的未成年人进行手术、药物及牙科治疗，需获本人同意。未经允许进行治疗视同侵犯人身权利，其权利受法律保护，与成年人无异。”

凡是见过亚当的人，格里夫说，都惊异于其早熟沉稳。“他把自己写的一些诗大声念给护士听，很有感染力。对此法官大人您一定很感兴趣。”相比于绝大多数十七岁的孩子，他更加心思细密、体贴入微。法庭应该考虑到他要是早生几个月，充分享有基本权利的话又该如何。为了全力支持他慈爱的父母，他早已表明自己拒绝治疗的态度，而且对这一决定的宗教原则也进行了详细说明。

格里夫稍作停顿，像是在思考，然后朝着门边打了个手势，会诊医师就是从那扇门离开的。对于不予治疗这个主意，卡特先生表现出鄙夷之意，这其实很好理解。像他这样一位德高望重的专业人士，这一鄙夷反而印证了他对工作的一腔热情。但是，在亚当的“吉利克能力”这个问题上，他的专业态度蒙蔽了他的判断力。从根本上说，这个问题无关医学，而是关乎法律与道德。它涉及一个年轻人不可剥夺的权利。亚当很清楚自己的决定会带来怎样的结果。那就是早早离开人世。他也多次表明自己的想法。至于他是否清楚自己最后会如何走完人生，则并不重要。即便是被认定具备“吉利克能力”的人，也无法完全确知。事实上，没有人知道自己会怎样死。人人都知道自己终将死去，却没人知道如何命赴黄泉。而且卡特先生也承认，亚当的治疗团队并不想同他分享这样的讯息。他很清楚拒绝治疗意味着死亡，仅此一条，这个小伙子就具备“吉利克能力”。有了“吉利克能力”，再纠缠他的年龄问题也便没有意义了。

到目前为止，法官密密麻麻记了三页笔记。其中一页有一行单独写着“诗歌？”庭上唇枪舌剑，针锋相对，菲奥娜眼前却浮现出一幅明亮的画面——一位少年靠着枕头，对着疲倦的护士念自己的诗。护士明知自己在其他地方还有事，却不忍心离开。

像亚当·亨利那么大的时候，菲奥娜自己也写过诗，虽说她从来没有想过要把这些诗读出来，即便是读给自己听都不行。她还记得自己的四行诗全然没有押韵之说。甚至还有一首关于溺水死亡的诗，躺在水草之中，缓缓向下沉去，感觉妙不可言。那首诗大概是受到了米莱斯的《水中的奥菲利亚》[①]的启发，当时学校组织参观泰特美术馆，她疯狂迷上了那幅画，在它前面驻足良久。这首诗写在一本早已破烂的笔

---

① 英国画家约翰·埃弗里特·米莱斯作品，取材于莎士比亚《哈姆雷特》悲剧人物奥菲利亚，讲述奥菲利亚身陷恋人与父亲的矛盾之中不能自拔最终自溺的故事。

记本上，笔记本的封面画着紫色的涂鸦，全是各种漂亮发型。据她所知，那本笔记本应该是躺在一个纸板箱的最下面，被扔到了家里没窗户的那个客房的一头，如果说那个地方还能叫家的话。

格里夫总结说，亚当太接近十八岁，已无实际差别。他符合斯卡曼法官所提出的条件，因此具备“吉利克能力”。这位出庭律师引用了巴尔科姆法官的话：“在迈向成年的过程中，对于关乎自身治疗的问题，儿童的判断能力也越来越强。一般来说，对于年龄心智相对成熟的未成年人所做出的知情决定，法庭应予以尊重。此举也符合未成年人的最大利益。”除去对信仰的尊重，法庭不应偏袒任何特定的宗教，也不应屈从于诱惑，陷入险境，剥夺当事人可拒绝治疗这一基本权利。

最后轮到托维了，他拄着拐杖站了起来。他代表亚当还有他的监护人玛丽娜·格林。他的发言很简短，声调故作淡然。双方论述都很精彩，相关法律也都已涉及。亚当的聪明才智毋庸置疑。按照他的宗教团体的说法，他对《圣经》的理解也很透彻。考虑到他将满十八岁这一点很重要，但仍然无法改变他未成年的事实。因此，在多大程度上尊重亚当的心愿，完全取决于法官大人。

律师坐下后，法庭一片寂静，菲奥娜瞪着她的笔记整理思绪。托维的发言其实帮她缩小了工作范围，她只需要做一个决定。她对他说：“考虑到本案的特殊性，我决定听听亚当·亨利本人的想法。相比于他对《圣经》的了解，我更关心的是他对自身情况的了解。假如我判决医院败诉的话，他是否明白自己所面临的问题。还有他得明白决定他命运的并非不通人情的官僚机构。我要跟他解释清楚，我一定会做出最符合他利益的决定。”

她接着说，她现在就跟随格林女士一起去位于旺兹沃思的医院，并且会当着她的面坐在亚当·亨利的床边同他交流。因此，一切诉讼程序暂时中止，直到菲奥娜回来，届时她将在法庭公开宣布判决。

第三章

当她乘坐的出租车被堵在滑铁卢桥上时，菲奥娜断定，这可能是自己因意气用事、处在崩溃的边缘而做出的职业误判，也可能是让一个男孩在世俗法院的精心干预下脱离或是依旧笃信其宗教信仰。她并不认为两者能同时成立。她的视线转向左侧，望向下游方向的圣保罗大教堂，她暂停思考了这一问题。此时的泰晤士河，河水湍急。当年，站在附近一座桥上的华兹华斯说得对，放眼左右两边，这是世上最壮丽的城市景致。即使在这连绵的雨中也是如此。坐在她身旁的是玛丽娜·格林。除了离开法院时两人闲聊了几句后，她俩一直沉默着。保持点距离是恰如其分的。而格林对于她右侧的上游风光，完全熟视无睹，她像她的同龄人一样专心于她的手机，时而读，时而输写，时而皱眉。

最后她们在南岸转向上游方向，出租车以步行之速缓缓前行，花了几乎十五分钟才到达兰贝斯宫。菲奥娜的手机已关机，这是她抵御每隔五分钟就查看短信和电邮这一强迫症的唯一手段。她已写好短信——你不能这样干！——还没发送。但他还是在这样干，这感叹号彰显了一切——她是个傻瓜。她那激动的口吻——就像她自己有时候所说的那样，她很想控制住——前所未有。凄惶与愤怒的糅合。或者说，是渴望和狂怒的交杂。她既希望他回来，但又根本不想再见到他。她还心怀羞愧。可是她犯了什么错呢？一心扑在工作上，疏忽了丈夫，让一桩冗长的案子搞得她心绪不宁？而他有自己的工作，情绪也变化多端。她受尽了屈辱，但不想让任何人知道，只得假装一切安好。她觉得自己遮遮掩掩，心情沮丧。难道那就是愧疚感？一旦她某个明智的朋友知道了这件事，就一定会催促她打电话给杰克讨个说法。绝对不行。她依旧害怕听见杰克说出那些她最不想听的。此时，她只要一想到那情景，就会像从前一样情不自禁地开始遐想，宛如一台停不下来的跑步机，唯有靠服用安眠药入睡才救得了她。要么睡眠，要么就是这样一趟非同寻常的行程。

她们终于行驶在了旺兹沃思路上，汽车以每小时二十英里——马匹全力飞奔的速度——前行。在她们的右侧，能看见一家老电影院——如今已改建成壁球场，多年前杰克曾在这里参加全伦敦锦标赛，拼尽全力得了个第十一名。他那年轻忠诚的妻子，多少有些无聊，安坐在玻璃球场外，时不时瞥一眼她所辩护的一桩强奸案的笔记，这场辩护将以失败告终。她的这位愤怒的委托人被判了八年徒刑。判决几乎无懈可击。理所当然地，他永远不会原谅她。

她出生在伦敦北部，因此对于以泰晤士河为界的伦敦南部寒酸凋敝、杂乱纷繁的景象既无知又鄙夷。荒芜的村庄早就被吞噬，商店一副颓相，车库畏畏缩缩，其间散布着尘埃弥漫的爱德华时代老屋和野兽派公寓大楼，那是毒贩们的巢穴，没有一路地铁停靠这里，给上述一切赋予意义，建立联系。人行道上的行人漂泊于此，他们属于某个遥远的城市，她也不属于这儿。一间被木板封闭的电器商店上方挂着一块褪色的、富有戏谑意味的指示牌，假如不是这块指示牌，她又怎么知道她们正在经过的是克拉罕站台？为什么要在这里谋生？她意识到一种厌世的情绪正在自己身上弥漫开来，遂令自己记起这趟出行的使命。她是来探访一位病入膏肓的男孩的呀。

她倒是挺喜欢医院的。十三岁那年，她曾经热衷于骑快车到学校，在路上被一块未盖严实的窨井盖绊倒，甩出老远。检查出轻微脑震荡和血尿致使她得留院观察。儿科病房已满——一大批在校生从西班牙携带了一种未知的胃肠病毒回国。于是她被安顿在一群女人中间，在那里待了一个礼拜，做了些不太复杂的检查。那是在二十世纪七十年代中期，那个时代的风气还未开始质疑和挑战死板的医疗等级制度。那间维多利亚时代风格的病房天花板很高，房间整洁、秩序井然，平日里令人望而生畏的病房护士对这位年龄最小的病人倒是爱护备至，而那些老女人——如今回想起来，她们中有几个显然才三十几岁——既喜爱又照顾菲奥娜。她却从不关心她们的病恙。她是她们的小宠物，她完全沉浸在新的生活中。家里和学校的那些陈规渐渐被抛之脑后。当有一两位善良的女士深夜从病床上消失时，她也不以为意。她被很好地保护了起来，免受子宫切除、癌症和死亡之苦，在那里度过了一个没有恐慌也没有痛苦的美妙礼拜。

那时，下午放学之后，她的朋友们会满怀敬畏地像成人一样独自到医院来看望她。后来，当敬畏感逐渐消失后，三四个女孩子就会围坐在菲奥娜的病床边恣意嬉闹，为一些不值一提的小事压低声音咯咯发笑——一位护士皱着眉阔步走过，某个缺牙的老妪与她们格外热情地打招呼，病房另一头隔着帷幕的重病患者发出沙哑的呻吟。

中饭前后，菲奥娜独自坐在休息室里，膝上有一本练习册，她在上面规划着自己的未来——钢琴家、兽医、记者、歌手。她给未来可能的人生画了流程图。一条条支线分叉出大学、英勇敦实的丈夫、容貌姣好的丈夫、牧羊场、显赫的生活。那时候，她还没想到过法律。

出院那天，她穿着校服、背着书包在病房里来回转悠，在母亲的注视下，哭着与病友道别，还承诺要保持联系。幸运的是，接下来的几十年她身健体康，偶尔几次到医院都只是去探望别人。但那次住院给她留下终生难忘的印象。无论她看到家人朋友经历怎样的痛苦和恐惧，她都不可思议地将医院与仁慈挂钩，视它为特殊之地，在那儿可以躲避灾难。所以，此刻，当二十六层楼高的旺兹沃思艾迪丝·卡维尔总医院在公地远处被雾气笼罩的橡树上方浮现时，她不合时宜地体会到一种欢欣与期待。

出租车驶近一块蓝色霓虹标牌，上面显示尚余一百五十个车位，菲奥娜和社工的目光越过突突作响的刮雨器，看向前方绿草茵茵的坡地上——就像石器时代的山堡——矗立着一座由日本人设计的圆形玻璃塔，外面镀着亮绿色。这座建筑物造价不菲，是在无忧无虑的新工党时代用借来的资金建造的。抬头看，最高几层楼隐没在夏日的云团中。

她们走向入口时，一只猫从一辆停着的车底下冲到她们面前，于是玛丽娜·格林再次打开话匣，详细描述起她的猫来，一只勇猛的英国短毛猫，打败了邻近一带所有的狗。菲奥娜开始对这个神情肃穆的年轻女人有了好感，玛丽娜的淡黄色头发有些稀疏，她与三个不足五岁的孩子和警察丈夫住在一幢廉租房里。她的猫无关紧要。菲奥娜绝不允许两人之间产生任何的嫌隙，而是敏锐地意识到她们即将面对的共同关切的问题。

菲奥娜感觉自在了些，说道："一只坚守阵地的猫嘛。我希望你已经给小亚当讲过这故事了。"

玛丽娜立刻回答道："其实，我是讲了，"说罢又陷入了沉默。

她们步入建筑物的中庭，四面是直通顶层的玻璃。几棵本地树木生长在大厅布置宜人的桌椅间——那是几家互相竞争的售卖咖啡与三明治的摊贩的桌椅——虽已开枝散叶，却干枯瘦弱。它们竞相往高处伸展，其他植物也从混凝土平台周围长了出来，它们的枝桠如悬臂般贴合在弧形的墙面上。长得最高的植物是灌木丛，在三百英尺高的玻璃屋顶上映出了它们的轮廓。两个女人横穿灰色镶木地板，经过信息中心和病患儿童艺术展览。一道笔直的长自动扶梯将她们带到夹层楼，这里有书店、花店、报刊亭、礼品店和一个商业中心，都分布在喷泉四周。轻快而单一的新时代音乐与潺潺的流水声融为一体。显然，此建筑是以现代机场的式样设计建造的。不过目的地已变更。在这层楼几乎看不见病症的迹象，也没有医疗设备。病人们散布在探望者和医务人员之间。处处皆可见他们穿着睡衣、神情安逸的模样。菲奥娜和玛丽娜跟随指示牌往前走，这些牌子上的字体与高速公路上指示牌的字体相仿，上面写着儿科肿瘤学、核疗学、静脉切开术等。她们拐入一条宽敞、被擦洗得干净锃亮的走廊，然后默不作声地乘坐电梯到达九楼，那里有一条一模一样的过道，她们接连左转了三次，来到了重症病房。路上，她们看见一幅令人赏心悦目的壁画，画中的大猩猩们正在森林里穿荡腾跃。现在，各种气息终于扑面而来：医院里浑浊不堪的空气，早被撤走的熟食的味道，消毒水的气味，还有某种微弱的甜味。这种甜味既非来自水果，也不是来自鲜花。

护士站以保护者的姿态面对一溜呈半圆形排列的病房，病房房门紧闭，每扇门上都有个探视窗。此时的寂静仅仅被一记电梯的嗡鸣声打破，病区内没有自然光透进来，让人感觉似乎已是后半夜。两位年轻护士——菲奥娜后来得知，她们一位是菲律宾人，另一位是加勒比人——坐在办公桌前，高声招呼玛丽娜，并击掌欢迎她的到来。突然之间，社工仿佛变成了另外一个人，尽管她是白皮肤，但却像一个生气勃勃的黑人妇女。她转身向两名年轻护士介绍这位“真正位高权重”的法官。菲奥娜伸出了手，却没法放下矜持与两位护士击掌，而她们似乎也能理解，只是紧紧地握着她的手。她们在桌旁进行了短暂的交流，决定让菲奥娜待在外面，先由社工进去向亚当解释相关情况。

玛丽娜穿过一道门走到病房深处的右侧，这时，菲奥娜开始向护士们询问这位年轻患者的病情。

“他正在学小提琴，”年轻的菲律宾女护士说。“快把我们逼疯了！”

她的朋友夸张地拍了下大腿。“他在里面宰杀火鸡呢。”

两个护士看着对方，开始大笑起来，尽管出于对患者的考虑，她们将笑声压得很轻。这显然是个隐晦的老笑话。菲奥娜在一旁等待着。此刻，她感觉很自在，但她知道这种感觉不会持续很久。

终于，她开口道：“输血这事怎么样了？”

欢快的气氛顿时消失了。那位来自加勒比的护士说道：“我每天为他祈祷。我对亚当说，‘上帝不需要你这样做，亲爱的。’他还是很爱你的。上帝要你活下去。”

她的朋友伤心地说道："他已经下了决心。你不得不佩服他。他有他自己的人生准则，是吧？"

"亏你说的！他什么都不懂，是一条小糊涂虫。"

菲奥娜说道："当你们告诉他上帝要他活下去的时候，他怎么说？"

"什么也没说，只是摆出一副'我干吗要听她？'的样子。"

就在这时，玛丽娜打开了门，举了举手，又走回房内。

菲奥娜说："好的，谢谢你们。"

此时蜂鸣器响了，菲律宾籍护士匆匆向另一扇门走去。

"您进去吧，夫人，"她的朋友说。"请帮助他回心转意。他是个可爱的男孩。"

如果菲奥娜对那天她踏入亚当·亨利的病房的记忆感觉混乱的话，那是因为里面存在着令人晕头转向的反差。视线以内聚集着太多东西。室内昏暗，只有一注亮光照射在床周围。玛丽娜坐在角落里的一把椅子上，手中拿着一本杂志，但在这幽暗中她可能无法阅读上面的文字。病床四周摆放着生命维持器、监护设备，还有置物台与输液器，发光的屏幕似乎散发出一种警惕的气息，几近沉寂。然而，这里并不沉寂，男孩在她走进来的时候就已经在对她说话了。这个时刻在她出现前就已展开或者说已经发生了，而她仍处在茫然惶惑之中。他直直地坐在床上，背靠在金属靠背支撑的枕头上，他的人仿佛被戏剧舞台上的聚光灯照亮。他的被单上铺满了书本、小册子、小提琴弓、手提电脑、耳机、橘子皮、糖纸、一盒纸巾、一只袜子、一本笔记本和许多页写满字的纸，这些东西甚至一直蔓延到了暗处。寻常少年的肮脏凌乱，对于常需要家访的她来说，倒已是司空见惯。

男孩的脸瘦长、惨白，却十分俊美，眼睛下方的月牙形淤青正在慢慢消退，饱满的双唇在强光下有点发紫。一双大眼睛看上去像紫罗兰。他的颧骨上有一颗痣，像是一颗刻意描画上去的美人痣。他的身架瘦弱，双臂从病号服里伸出来，如同两根竿子。他说话时，呼吸有点急促，但言语恳切，在最初的几秒钟里，他说的话，菲奥娜一句也没听明白。此时，门哧的一声在她身后关上，她才意识到他正在跟她说一切都是那么古怪，他早就知晓她会来探望他，他觉得自己有预感未来的本事。他们曾经在学校的宗教研修课上读过一首诗，诗里写未来、现在和过去是同一的，《圣经》里也这么写。他的化学老师说，相对论证明了时间只是一种幻觉。假如上帝、诗歌和科学说的都一样，那它必定就是真的，难道她不这么认为?

说完，他将身子靠在枕头上直喘气。菲奥娜刚才一直站在他的床脚边。此刻她走近病床的一侧——那里有一张塑料椅子，她告诉他她的名字，并且向他伸出手去。他的手又冷又湿。她坐了下来，等他接着说。但他把头向后倾，看着天花板，还未缓过劲来，她意识到他在期待她的回答。她开始察觉到在她背后有一台仪器正嘶嘶作响，在听力范围或者至少在她的听力范围内，还听见了一记轻弱短促的嘟嘟声。那台为了确保病人舒适而调低的心脏监控仪显示此刻的他分外激动。

她探身向前，对他说她觉得他讲得很对。从她的庭审经验来看，如果从未交谈过的证人就某一件事说了一样的话，那么他们说的话大半就是真的了。

随后她又补充道："不过并不总是如此，也有可能是群体妄想。互不相识的人有可能抱有同样的谬论。这种情形毫无疑问曾在法庭上出现过。"

"比如？"

他依旧气喘吁吁，甚至说出这两个字都很费劲。当她在脑中搜寻例子的时候，他的目光依旧凝视着上方，并没有看她。

"几年前，在我们国家，有些父母因所谓的残暴虐童，即在邪恶的秘密宗教仪式上用恐怖的方式虐待孩子而被起诉，这些孩子因此被当局带走。大家纷纷站在孩子一边反对这些父母。警察、社工、检察官、报纸，甚至法官，群起而攻之。可是结果呢，什么事都没有。没有秘密仪式，也没有暴虐。什么都没有发生。纯粹是幻想。所有这些专家和重要人物都患了幻想症，都在想入非非。最后，大家都清醒过来，深感羞愧，或者说理应羞愧。后来，慢慢地，这些孩子们被送回了家。”

菲奥娜在说这些话的时候好像进入了梦境。她感到一种令人愉悦的平静，尽管她猜测正极力关注他们谈话的玛丽娜会对她的这番话感到困惑。这法官在干什么？见面才几分钟就和男孩谈论虐童？难道她想暗示宗教信仰，他的宗教信仰，是一种群体妄想？玛丽娜还以为在短暂的寒暄后她会来一段意味深长的开场白，比如说“我想你肯定知道为什么我要来这里”之类的话语。而现实是菲奥娜只是随性地谈着，好像与一位同事在聊一桩早被忘却的发生在二十世纪八十年代的大丑闻。玛丽娜的想法并不会真正困扰她。她会按照自己的方式行事。

亚当一动不动地躺着，认真地领会她所说的话。终于，他从枕上侧转头来，直视着她的眼睛。此前，她已失了些庄重，她决定不再看向别处。他的呼吸多少得到了控制，神情阴郁严肃，难以揣测。不过这没关系，她已经比之前镇定多了。她对自己的要求并不高。假如不能做到镇定，那至少不要慌张。她凝视着男孩，等待他开口，就在此刻，中途休庭的压力、立即做出决定的迫切性、会诊医生作出的病危诊断，都在这个明暗交错的密闭房间里被暂时搁置了。她到这里来是对的。

与亚当对视超过半分钟左右也许不甚恰当，但她却有了时间，可以聚精会神去想象他是如何看待坐在他床边这张椅子上的她——又一个颇有见解的成年人，又一个异想天开的大人，一位对无关事物念兹在兹的年老女士。

他将目光移向了别处，然后说道："撒旦这家伙诡计多端。他先把虐待这样的愚昧观念灌输给人们，然后又证明大家都搞错了，于是人人都以为他根本不存在，这样他就可以胡作非为了。"

这是她这番有失正统的开场白导致的另一个后果——她误入了他的领地。按耶和华见证人的创世之论，撒旦是一个活生生的人物。菲奥娜从之前所浏览的背景资料中获知，撒旦于 1914 年 10 月来到人间，筹划末日的来临，开始通过各国政府和天主教教会为非作歹，尤其是在联合国藏奸耍滑，就在各国应该为大决战严阵以待之际，却又鼓励它们和睦相处。

“他可以随心所欲地用白血病来剥夺你的生命吗?”

她怀疑自己是否讲得太直接了,但他已经拥有青少年那刻意的应变力。必须勇敢承受。“是的。是那么回事。”

“而你打算就让他这么干?”

他往床背上靠,好坐直身体,然后若有所思地抚摩自己的下巴,像是在模仿某位自以为是的教授或是电视评论员。他在嘲弄她呢。

“好吧,既然您问起,那我打算遵从上帝的戒律,将他制服。”

“那你的回答就是‘是’?”

他没有回答这个问题,而是等待了片刻,接着说道:“您是来改变我的主意,帮我解除困惑的吗?”

“绝对不是。”

“噢,是的!我觉得是的!”他突然成了一个令人恼怒的淘气鬼,隔着床罩有气无力地抱着自己的双膝。然后他再次激动起来,讥讽地说道:“求求您,小姐,求求您让我回归正道。”

“我告诉你我为什么要来这里的原因,亚当。我是想确认你知道自己在干什么。有些人觉得你年纪太小,还做不了这样重大的决定，而且你一直受到父母和长辈们的影响。还有些人认为你极其聪明，有才能，我们应该让你自己决定。”

在一束强光的照射下，他突然在她面前容光焕发，凌乱的黑发卷绕在睡袍领口的上方，一双又黑又大的眼睛飞快地扫视着她的脸，警惕地探寻是否有任何瞒骗或虚假的痕迹。她能从他的寝具上闻到爽身粉或肥皂的气味，而在他的呼吸中又有些微微的金属气息。那是他每日服用的药物。

“嗯，”他急切地说。“那么到目前为止您对我印象怎么样？我表现如何？”

他在戏弄她，想把她拉回到另一个阵地，一个更广阔的空间，在那里他可以围着她起舞，引诱她再次说些不得体但有趣的话。她突然意识到，这个智力早熟的年轻人只是无聊透顶，缺乏刺激，他以自己的性命做要挟，上演了一出扣人心弦的戏剧，他是每一幕中的主角，而这出戏也把诸多要人显贵带到了他的床边，不断恳求他。如果是这样，那她更喜欢他了。重病也无法扼杀他的勃勃生机。

那么，他表现如何呢？“到目前为止好极了，”她说道，猛然意识到自己是在冒险。“你给我的印象是你是一个知道自己想法的人。”

“谢谢，”他甜美的声音中带着些许嘲弄。

“不过这可能只是个印象罢了。”

“我喜欢给人留下好印象。”

在他的态度与他的幽默里，有一丝傻气混合着他的高智商。而那是他在自我保护。他当然很害怕。现在是时候去说服他了。

“如果你知道自己的想法，那你就不会反对讨论各种可行的方案吧。”

“请说吧。”

“会诊医生说，假如他可以给你输血以提高血细胞数，他就能增加两剂有效的药物，那么你可能很快就能完全康复。”

“是的。”

“但不输血的话，你可能就没命了。你知道这一点？”

“当然。”

“还有另一种可能。我需要确定你已经考虑过这一点了。不是没命，亚当，是部分康复。你可能会失明，可能会脑损伤，或者失去肾脏。把你变瞎或是变蠢让你的余生都在透析中度过，难道这就合上帝的心意了吗？”

她的这个问题跨越了界限，法律的界限。她瞥见玛丽娜坐在阴暗的角落里用杂志支撑着笔记本，仅仅凭感觉在做记录。她没有抬头。

亚当盯着菲奥娜头的上方。他用发白的舌头啧的一声舔湿嘴唇。此刻,他的语气中有了一丝愠怒。

“如果您不信上帝,您就别说合不合他心意的话。”

“我没说我不信。我只想知道你是否已仔细考虑过你以后的人生都将在病痛与伤残中度过,这种伤残可能是身体上,也可能是精神上,或者两者都有。”

“我恨这样,我恨这样。”他立刻扭转头去,极力掩饰眼中突然涌出的泪水。“但假如事情真这么发生了,我只能接受。”

他心绪烦乱,尽量让自己不去看她。她能看出挫败他的狂妄是多么轻而易举,这令他羞愧难当。他的肘部微微弯曲,看上去尖细、纤弱。她竟然无端地想起了食谱:黄油、龙蒿和柠檬烤鸡,番茄和洋葱烘茄子,橄榄油微焙土豆。把这个男孩带回家去,喂饱他。

他们取得了不错的进展,到达了一个新阶段。正当她要接着提问时,那位加勒比护士走了进来,将门敞开。门外,仿佛受到她想象中的那几个菜肴的召唤,一位身着棕色棉夹克、年龄比亚当大不了几岁的小伙子,站在一辆装着磨砂钢制容器的推车旁。

“我可以待会儿把你的晚饭送来,”护士说。“但只能晚半个小时。”

“如果你熬得住的话，”菲奥娜对亚当说道。

“我可以。”

她从椅子上站起来，让护士对病人和监视器做常规检查。护士必定注意到了他此时的情绪状态，看到了他湿润的眼眶，因为她在临走前用手擦拭了下他的脸颊，并且高声嘱咐道：“你要好好听这位女士说的话。”

这段插曲改变了房内的气氛。当菲奥娜坐回自己的椅子时，并没有问她原本想问的问题，而是看着床上一堆乱糟糟的东西中间的几页纸点了点头。“听说你一直在写诗？”

她以为这么问，他会很排斥，会觉得问题很唐突冒失或是有些高高在上，但他似乎对转移了话题感到如释重负；她觉得他的态度真诚，毫不设防。同时，她也发现了他的心情转变得很快。

“我刚写好了点东西。假如您想听的话，我可以为您读一读它。篇幅很短。不过请稍等一会。”他侧过身来，直接面向她。在开口朗读前，他再次用他那奶白色的舌头润了润发干的嘴唇。若换作另一个场景，他的舌头或许会很美丽，像是一道新的美容产品。

他恳挚地问道：“人们在法庭上怎么称呼您？‘法官阁

下’?”

“通常是‘夫人’。”

“夫人？那太好了！我能这么称呼您吗?”

“叫我菲奥娜就行。”

“但我想称呼您‘夫人’。请允许我这么称呼您。”

“好吧。那这首诗呢?”

他把身体倚靠在枕头上，调整呼吸，她在一旁等待着。最后，他伸手向前，去取他膝盖边上的一张纸，这个动作却为他引来一阵轻微的咳嗽。末了，他重新开口，声音细弱而沙哑。从他现在的话语中，她听不出任何的讽刺意味。

“奇怪的是，夫人，我生病了才开始写出我最好的诗来。您认为这是为什么?”

“请你告诉我。”

他耸了耸肩。“我喜欢在深更半夜写。那时整栋楼都关了，你能听到这奇怪而低沉的嗡嗡声。白天你听不见这声音。听。”

他们仔细听着。在这病房外，仍有四小时的日光，而此时正值交通高峰。而在这里，却是夜一般的死寂，但她听不到嗡嗡声。她渐渐明白，从根本上说，他是天真无辜的，那是一种清新而易受刺激的无辜，一种孩童般的率真，这一坦荡也许与教派的封闭特性相关。她从书本中读到，教派怂恿其会众尽量将孩子们与局外人保持距离。颇像极端东正教信徒。她自己的那些少年亲戚们——男孩子也好，女孩们也罢——都过早地自我防备，给自己披上了一件顽强而老练的绚丽外衣。他们的过于冷静是通往成年的必由之路，自有其迷人之处。亚当的不谙世故招人喜爱，但也使他易受伤害。她被他的纤弱所触痛，被他那死死地盯着那张纸的神情所感动，或许他想透过她的耳朵提前听到自己的诗。她断定，十有八九他是家中的掌上明珠。

他瞥了她一眼，吸了口气，开始念道：

当撒旦手持锤子敲击我的心灵
我的命运坠入沉沉的黑洞。
他铁匠般的敲击漫长且缓慢
我很低迷。

但撒旦锻造了一条黄金丝带
褶皱中闪耀着上帝的挚爱。
道路铺满了金光
我已得救。

她等了会儿，以免他还要接着读。但他放下了那一页纸，身子往后一靠，看着天花板说道：

“一位长辈——克罗斯比先生——告诉我，如果厄运将至，那将对所有人产生莫大影响，我是在听了他那番话后写下这首诗的。”

菲奥娜低声问：“那是他说的？”

“这首诗会让我们的教堂充满爱。”

她替他总结道：“这么说来，撒旦用锤子来敲击你，无意中将你的灵魂锻造成一根金色布条，它闪耀着上帝对众生的挚爱，而你因此而得救，哪怕死了也没什么关系。”

“夫人，您说得对极了。”男孩激动得几乎要喊出来。接着他不得不停下来重新恢复正常的呼吸。“我并不认为护士们明白，除了唐娜，就是刚才在这儿的那位。克罗斯比先生打算将它发表在《瞭望塔》上呢。”

“那真是太好了。你将来也许可以成为一名诗人。”

他心领神会地笑了。

“你父母是怎么看待你的诗的？”

“我妈妈很喜欢，爸爸也觉得挺好的，不过他认为这些诗歌耗尽了我的精力，我需要恢复健康呢。”他又侧转身子面对她。“但是，夫人您怎么看呢？这首诗的名字叫《锤子》。”

他神情热切，急迫地渴求她的认可，以至于她犹豫了。过了会儿，她说道："我觉得这首诗展现了一点，一丝大诗人的才华。"

他依然盯着她，表情没有任何变化，等待她更多的点评。她以为她知道自己在做什么，但就在那一瞬间她脑袋一片空白。她不想让他失望，况且她不习惯谈论诗歌。

他问道："您为什么这样说呢？"

她不知道，至少不是即刻知道。假如此时唐娜能回来围着机器和病人忙活的话，她会对她感激不尽，这样她就能走到那扇无法打开的窗户前，远眺旺兹沃思公地，并决定该说什么。可是护士要再过十五分钟才能来。菲奥娜希望在开口说话之前，能洞悉自己的所思所想，就像以前读书时那样。那时她总能化险为夷。

"这形式，诗歌的形式，那两行短句使得整首诗更加协调，你很低迷然后你得救了，第二句胜过第一句，我非常喜欢。我也喜欢那铁匠的敲击……"

"漫长且缓慢。"

"嗯。'漫长且缓慢'写得真好。很凝练，像一些最好的短诗。"她感觉自信慢慢回来了。"我认为这首诗告诉我们只要走出逆境，走出厄运，就会否极泰来。对吗？"

“没错。”

“而且我并不认为你非得相信上帝才能理解或者喜欢这首诗。”

他思忖片刻，然后说：“我觉得你需要这样。”

她说：“你觉得你必须经受苦难才能成为一位伟大的诗人吗？”

“我认为所有伟大的诗人都必须经受苦难。”

“我明白了。”

她假装整理衣袖，露出她的手表，然后若无其事地低头瞥了一眼。她必须很快回到等候庭，做出她的决断。

但他看出了她的心思。“先别走，”他低声说道。“等我晚餐到了再走。”

“好的。亚当，那你告诉我，你父母亲对这事怎么看？”

“我妈妈比较擅长处理这事儿。她能接受现实，您知道吗？将一切交付给上帝。而且非常干练，打点好一切，比如跟医生沟通，给我弄到这个比别人大的房间，为我找来一把小提琴之类。但我爸爸就有点儿招架不住了。他向来只懂推土机与施工方面的事儿。”

“并且拒绝输血吗？”

“什么？”

“你父母对你说了些什么?”

“没什么好说的。我们都知道怎么做才对。”

他说这话的时候,眼睛直视着她,声音里没有挑衅的意味,现在她完全信任他,信任他和他的父母、教众和年长者都知道对他们而言什么是对的。她突然感觉眩晕,很不舒服,仿佛被掏空了一般,万念俱灭。一种亵渎神明的想法在她的脑海里闪现:不管这个男孩是死是活,都没那么重要。世间万物仍将与以往无异。不论是深切的哀痛,苦涩的悔恨,还是美好的记忆,随着爱他的人的老去和离世,生活仍会顾自前行,这三者的意义会渐渐减弱,直至荡然无存。形形色色的宗教和道德体系(包括她自己的)就像从远处看到的绵密群山中的一座座高峰,显然没有哪一座比别的更高、更巍峨、更真实。那么判断的依据又是什么呢?

她摇了摇头,想要驱散脑子里的这个念头。她接下来要问的是唐娜进来前她想问的问题。一旦她把问题抛出来,她就感觉好些了。

“你父亲解释了一些宗教理论,但我想听听你是怎么说的。你到底为什么要拒绝输血?”

“因为那是错的。”

“请继续说。”

"上帝告诉我们那是错的。"

"为什么是错的呢?"

"为什么错?因为我们知道那是错的。虐待,谋杀,说谎,偷窃,都是错的。我们拷问坏人,即使从他们那里得到了有用的信息,我们也知道那是错的。我们知道,是因为上帝教导过我们。即使——"

"输血和拷问是一样的吗?"

玛丽娜在角落里动了一下。而亚当则在气喘吁吁地阐述着自己的观点。输血和拷问只在一个地方相似,即它们都是错的。我们打从心底里知道。他援引了《利未记》和《使徒行传》,他谈论血的本质、上帝的真言,还有玷污,他侃侃而谈,就像一位聪明的高中毕业生,学校辩论赛上的明星学生。当他被自己的话语感动时,他那紫罗兰般的黑眼睛就闪闪发亮。菲奥娜听出来有几句话他的父亲也曾说过。但亚当谈到它们的时候就像他是基本事实的发现者,信条的制定者而不是接受者。她正在聆听一场虔诚而热情洋溢的布道。当他说他和他的会众不过是想独自践行他们所认为的那些不证自明的真理时,他把自己当作这一派系的发言人。

菲奥娜聚精会神,凝视着他,时不时地点点头,最后在他很自然停下来的时候,她站了起来,并且说道:"跟你直说了吧，亚当。你必须明白是由我一个人来决定怎样对你最有利。倘如我裁定医院可以违背你的意愿合法地为你输血，你会怎么想？”

他坐了起来，艰难地呼吸着，听到这个问题似乎有些萎靡，然而他微微一笑。“我觉得夫人您真是个爱管闲事的人。”

这变化多么始料未及，荒谬得令人难以理解，她的惊讶生生地看在他的眼里，他俩一起笑了起来。此刻玛丽娜正在收拾手提包和笔记本，似乎有些困惑不解。

这回菲奥娜大大方方地看了一眼她的表。她说道：“你知道自己在想什么，就和我们任何人一样，这事儿我认为你已经讲得很清楚了。”

他煞有介事地说：“谢谢。我今晚会告诉我父母的。但请别走。我的晚饭还没到呢。咱们再来一首诗怎么样？”

“亚当，我得赶回法庭去了。”但她仍然避谈他的身体状况。她看见他床上有把琴弓，半掩在阴影中。

“在我走之前，快给我展示一下你的小提琴吧。”

琴盒放在床底下的锁柜旁。她把琴盒提起来放到他腿上。

“这只是一把初学者使用的入门级小提琴。”但他小心翼翼地把琴取出来给她看，两人一起欣赏这镶着黑边、有精致琴头的栗色波形木。

她将手放在光洁的琴面上，他将他的手贴近她的。她说道："多么精美的乐器。我一向认为它的外形与人有些相像。"

他伸出手，想从锁柜里拿他的小提琴入门指南。原本她并不想要他弹奏，但她无法阻止他。他的病恙、他那天真的热切使得他无往而不利。

"我已经整整学了四周，会拉十首曲子了。"他的这番自我吹嘘也让人无法阻止他。他焦躁地翻着乐谱。菲奥娜看向玛丽娜，无奈地耸了耸肩。

"但这一首是目前学过最难的了。两个半升音。D大调。"

菲奥娜倒着看着乐谱，说道："也许只是B小调。"

他没有听到她说的。他已经坐了起来，把小提琴夹在下巴下面，没有调音，就弹奏了起来。这曲子她很熟悉，是一首悲伤而美妙的爱尔兰传统谣曲。她曾给马克·伯纳伴唱过这首由本杰明·布里顿谱曲、出自叶芝诗歌《柳园里》的乐曲，是他们的返场加演曲目之一。亚当"沙沙"地拉着，当然没有颤音，不过，尽管有两三个音准有误，但音高还是相当到位。那哀伤的曲调,那拉弦的方式,是那么充满希冀,那么原始纯真,里面表达了一切,她开始了解这个男孩了。她熟记诗歌饱含遗憾的句子:而我,当时年少无知……亚当的演奏触动了她,尽管她感到些许困惑。学习弹奏小提琴或任何乐器都是一个饱含希望的举动,预示着未来。

当他演奏完毕的时候,她和玛丽娜都鼓起掌来,亚当则在床上笨拙地鞠了一躬。

“了不起!”

“太棒了!”

“而且只学了四周!”

为了抑制自己的情感,菲奥娜补充了一条技术性的评价:“记得在这个调子中C是要升半音的。”

“哦,是的。一下子要想到很多细节。”

接着,她冒着有损权威的风险,提出了一个连她自己都始料未及的请求。但在那种情势下,再加上病房本身,与外界隔绝,长期处在幽暗之中,这一切都助长了一种肆意妄为的气氛,但最重要的,是亚当的演奏,他那全神贯注的紧张神情,小提琴发出的生疏的沙沙声——如此真切表达了他的渴望——深深地打动了她,促使她不由自主地提出这个建议。

“再拉一次吧，这一次我给你伴唱。”

玛丽娜站起身来，皱着眉头，也许是在思考自己是否该阻止她。

亚当说：“我不知道这曲子还有歌词呢。”

“哦，有的，有两段很美的诗句呢。”

他郑重地将小提琴抬到他的下巴那儿，然后抬眼看她。当他开始演奏的时候，她很高兴自己轻易找到了高音。她一直暗暗以自己的嗓音为傲，但除了她是格雷律师学院合唱团成员在合唱团演唱的那段时光，她还不曾有什么机会在外一展歌喉。这一次，这位“小提琴家”记住了升半音C调。演唱第一段时，他们还有些拘谨，好似怀着歉意，但到了第二段，他们四目相对，全然忘记当时站在门边，看得目瞪口呆的玛丽娜。菲奥娜越唱越激昂，而亚当笨拙的拉琴也越发大胆，他们完全沉浸在追忆往昔的哀思中。

在远方河畔旷野，我与吾爱并肩伫立，
在我微倾的肩膀，她搭上纯白的手臂。
她嘱我淡然生活，像青草滋长于岸堤。
但当时年少无知，如今早已泪眼凄凄。

当他们结束的时候，那个穿着棕色夹克的小伙子正将推车推进房间，车上刷得亮晶晶的铁盖板相互撞击，发出叮叮当当悦耳的声响。玛丽娜已经走到护士站去了。

亚当说道："'在我微倾的肩膀'这句很棒，是吧？咱们再来一次。"

菲奥娜摇了摇头，从他那儿拿过小提琴，把它装进盒子。"她嘱我淡然生活。"她援引此句回赠他。

"再多待一会儿吧。求求您了。"

"亚当，现在我真的得走了。"

"那把您的电子邮箱留给我吧。"

"河滨大道，皇家法院，菲奥娜·迈耶法官。这样就可以找到我。"

她把手轻轻地放在亚当冰冷、细窄的手腕上，之后，她实在不忍再听到他的申明或恳求便头也不回地径直向门口走去，不理会他那声音微弱的提问。

"您还会回来吗？"

* * *

回伦敦市中心的路程比之前快多了，一路上两位女士依旧沉默着。玛丽娜跟她的丈夫和孩子们通了很长时间的电话，菲奥娜就在这个当儿写了她的审判笔记。她从法院的大门走了进去，直奔她的办公室，奈杰尔·鲍林正在那儿等着她。他确认明天高等法院的所有准备都已就绪，如有必要，提前一小时通知。并且今晚的听证会也已转移至足以容纳所有新闻界人士的法庭举行。

当她走入法庭，全场起立，此时才刚过九点一刻。整个房间静了下来，她察觉到记者中间有了一些不耐烦。对报社而言，这并不是一个合宜的时段。如果法官言辞扼要，报道没准能赶上最后一版印刷。跟上次一样，紧挨着坐在她前面的是法律代表和玛丽娜·格林，他们的座席占据了一个较为宽敞的空间，亨利先生独自一人坐在他的法律顾问背后，他的妻子没有到场。

菲奥娜甫一坐定，便开始她常规的开场白。

“医院方迫切要求本法院准许其违背病人意愿医治少年A，在医治过程中，采用他们惯常采用的，被视为恰当的医疗程序，即输血。他们正在按照《医疗特例法》寻求解决之道。四十八小时前提出的申请是单方面的。作为责任法官，本人业已准许。在儿童及家事法庭咨询与支持服务署的玛丽娜·格林夫人的陪同下，本人刚从医院探望A回来。我陪他坐了一小时。显而易见他病得很重。尽管如此，他的智力丝毫未损，能够清晰地向我表达他的心愿。他的主治医师告诉本院，到了明天，A 的情况将会恶化到关涉生死的地步，这也是本人必须在周二晚上，即便很迟，也要做出判决的原因。”

菲奥娜一一点名，向各法律顾问、他们的律师、玛丽娜·格林以及医院致谢，感谢他们帮助她在这一必须快速决断的棘手案件中做出判决。

“少年的父母基于宗教信仰反对医院的申请，他们曾冷静阐述，并表示将坚决恪守其宗教信仰。少年本人对申请也持态度，他对宗教原则了然于胸，并且有着超出他年龄的成熟与表达能力。”

她接着陈述他的病史，白血病，以及现在普遍认可有良效的治疗方案。但其中两种常用药物会引发贫血，需要依靠输血来应对。她概要说明了主治医师的证言，特别指出假如这一情况不能扭转，他的血红蛋白数会减少，预后不祥。她本人可以证实，A 现在的呼吸困难已经非常明显。

被告对医院的申请提出了三项抗辩。第一，A 距其十八岁生日仅余三个月，他才智过人，清楚自己这一决定的后果，应该被作为具备“吉利克能力”的人对待。换句话说，少年 A 的决定应该视为与成年人具有同等效力。第二，拒绝医疗救治是一项基本人权，因此法院不应干预。第三，A 的宗教信仰纯洁真挚，理应被尊重。

菲奥娜对以上这些一一加以论述。她感谢A父母的法律顾问们让她注意到1969年《家庭法改革法案》第八款的相关内容：一个十六岁公民行使医疗权利和他年满十八岁所具有的权利有同等效力。她阐述了吉利克的权限条件，同时也援引斯卡曼的例子。她认可两种情形的区别：一种是有法律资格的十六岁以下儿童可能违背父母意愿同意治疗，另一种是十八岁以下儿童拒绝救命治疗。从她那晚收集到的讯息来看，她是否确信A已经完全理解他和他父母的期望一旦获得准许将意味着什么。

“他无疑是一个特殊的孩子。就像一位护士今晚所说的那样，我甚至可以说他非常讨人喜欢，我相信他父母也赞同这一说法。他虽然只有十七岁，却有着超凡的洞见。但是我认为，他对即将要面临的严酷考验，对随着痛苦与无助加剧将会吞噬他的恐惧，却知之甚少。事实上，他对自己将要遭受的一切有着浪漫念想。然而……”

她让这词语悬浮在空中，房间一片寂静，寂静中透出紧张。她低头瞄了一眼笔记。

“然而，无论他是否完全明白自己的处境，我最终都不会受此影响。指引我的是沃德法官先生的一桩判决，在当年那个案子中，当事人同样也是一位耶和华见证人的少年信徒E。在审理过程中，沃德法官指出：‘因此左右我裁决的是这个孩子的福祉，我必须决定E的福祉涉及哪些东西。’这一论断在1989年的《儿童法案》中得到了明确，该法案一开篇便清晰阐述了儿童福祉的首要地位。我用‘福祉’这个词来涵盖‘安康’与‘利益’。同样，我势必要考虑A的心愿。正如我前面所说，就像他父亲在本庭所做的那样，A已向我清晰地表达了他的心愿。按照宗教教义中三段源于《圣经》的特殊诠释，A拒绝输血，尽管这可能救他一命。

“成年人拒绝接受治疗，这是他的基本权利。违背成年人的意愿给他治疗，是侵犯人身的刑事犯罪。A已临近能为自己做决定的年纪。他准备为他的宗教信仰而死，可见他信仰之虔诚。他的父母为了信仰，准备牺牲自己至亲至爱的孩子，也可见耶和华见证人强大、坚定的信念。”

她再次停了下来，坐在公众旁听席上的人静静等待着。

“正是这种力量令我踌躇，因为十七岁的A在宗教与哲学纷繁复杂的思想领域鲜有别的体验。耶和华见证人这一基督教派并不鼓励会众公开辩论或唱反调，他们将这视为——某些人也许会说这一称谓非常贴切——‘另类羔羊’。我认为A的心智、想法并不完全是他自己的。他的整个童年一直与一种非黑即白的偏激世界观接触，他不可能不受到影响。让他去经历不必要的痛苦死亡，对他的福祉毫无裨益，反而是对他信念的摧残。耶和华见证人，就像其他宗教一样，清楚地知道死后等待我们的是什么，而且他们对世界末日的预言以及来世论也言之凿凿、详尽细致。本庭对来世不持任何看法，无论如何，未来某一天 A 自会发现或是发现不了这一点。与此同时，假如他很好地康复，那么凭他对诗歌的热忱，他新近发现的对小提琴的热情，他敏捷的才思、幽默又温柔的天性，以及展现在他未来的生活与爱，他的福祉必定得以增进。简而言之，我发现，A、他的父母亲以及长辈教众已经做出了有违他福祉的决定，而他的福祉才是本庭的最大考量。我们必须保护他免受这一决定的伤害，免受宗教以及来自他自己的伤害。

“对此案作出裁决并非易事。我已充分考虑了 A 的年龄、信仰以及个人有权拒绝治疗所体现的尊严。依本人之见，他的生命比尊严更可贵。

“因此，本人否决 A 和他父母的意愿。最终判决如下：第一和第二被告（即父母）反对输血，第三被告（即 A 本人）反对输血，均被驳回。因此，申诉方医院对 A 作必要的治疗判为合法，这些医疗行为可能包括输血和使用血产品。”

* * *

菲奥娜动身从法院走回家时已临近十一点。这么晚了，大门都已上锁，抄近路穿过林肯律师学院是不可能了。到达大法院巷之前，她沿着舰队街走了一小段，来到一家通宵便利店，买了一份现成便当。前一晚上，这还是件苦差事呢，但现在她几乎感到无忧无虑了，也许是因为她两天都没好好吃东西了。在这狭小、过于明亮的商店里，包装花哨的货物，架子上眼花缭乱、种类繁多的红色、紫色和亮黄色仿佛伴着她的脉搏在有节律地跳动着。她买了一块冷冻鱼饼，用手掂量各种水果，决定要买什么。她走到收银台前，从身上摸出钱来，几枚硬币顺势掉到了地上。在收银台工作的是一个亚洲小伙，反应敏捷，他轻巧地用他的脚挡住硬币的去路，他把钱放到她手中，关切地朝她笑了笑。他注意到她一脸的倦容，却没有留意她身上那件外套考究的剪裁，也可能是他不懂欣赏。她开始想象她在他的眼中的样子：他分明是看见一个独自饮食起居、于人无害的老女人，已难以为继，便在深夜出来游荡。

她沿着霍尔本街走，一边哼唱《柳园里》。水果和包装严实的晚餐在手提袋里晃来晃去，时而撞上她的大腿，这于她倒不失为一种安慰。她可以在微波炉加热冷冻鱼饼的时候铺好床，穿着睡衣边吃边看滚动新闻，之后就没有什么能阻止她去睡觉了。无需安眠药。明天有一场颇引人注目的离婚官司，一位著名的吉他手，他的妻子几乎同样知名，是个唱感伤情歌的歌手，她请了一位杰出律师，想获取丈夫两千七百万财产的绝大部分。与今天的官司相比，那简直是哗众取宠，但新闻界依旧兴致勃勃，而法律依旧庄严肃穆。

她走进格雷律师学院，那是她熟悉的避风港。她越往里走，城市交通的隆隆声愈渐消逝，这一点总是让她满怀欣喜。这是一个历经沧桑的封闭社区，一座律师和法官们的堡垒，这些律师和法官同时也是音乐家、红酒迷、准作家、钓鱼客、说书人。一个流言蜚语与专业技术并存的温床，一个依旧被弗朗西斯·培根的理性精神萦绕的乐园。她喜欢这儿，从未想过要离开。

她步入大楼，发现楼道灯的定时开关已经打开，走上二楼，在第四与第七个台阶听到与往常一样不规律的嘎吱声，她快步登上楼梯平台，看见眼前的一幕，便即刻明白了。她的丈夫就在那儿，刚站起来，手里握着一本书，他身后的手提箱靠墙放着，被他拿来当作椅子，他的外套放在地板上，紧挨着打开的公文包，文件从公文包里散了出来。他被锁在门外，只能边工作边等。为什么不呢？他看上去衣着凌乱，怒气冲冲。被锁在外面，又等了许久。显然他并不是回来拿干净衬衫和书的，那样的话他就不会带着公文包了。她随即冒出了一个念头，一个令人沮丧、自私的念头：这下她得分享她的单人晚餐了。然后想到自己是断不会与他分享的，这还不如不吃呢。

她走完最后几级台阶，默不作声地从包里拿出新钥匙，绕过他走到门边，留待他先开口。

他不耐烦地说道："我一整晚都在给你打电话。"

她打开房门，头也不回地走了进去。她径直走入厨房，把东西都倒在餐桌上，便呆立在桌前。她的心脏跳得厉害。她听见他把行李拖进屋子的时候发出的气急败坏的喘息声。如果不得不发生正面冲突，这厨房的空间则太过逼仄，况且她并不想和杰克吵架，起码现在不想。于是她拿着公文包快步走进客厅，在长躺椅她常坐的那个位置上坐了下来。她拿出几份文件，将它们铺展在自己周围，于她来说，这不啻是一种保护。没有它们，她还真不知道自己该怎么办。

杰克将他的行李箱从客厅拖进卧室，行李箱发出的咕噜声，在她听来似乎是一个新的开场。又像是一种侮辱。她习惯性地脱下鞋子，随意拿起一份文件。吉他手在马贝拉有一幢豪华别墅，女歌手想将其据为己有，尽管这幢别墅是他的婚前财产，是他的前妻为了让他搬离位于伦敦市中心的家而赠送给他的，他的前妻又是在与她的第一任丈夫离婚时分到这幢别墅的。与本案无关，菲奥娜忍不住裁决道。

听到地板发出咯吱的声音，她抬头瞥了一眼。杰克站在门口，准备去喝上一杯。他穿着牛仔裤和一件白衬衫，胸口的纽扣敞开着。他是否想过自己也会勾起人的欲望？她注意到他没有刮胡须。甚至从房间的这头，都能看见他灰白的胡子茬。可悲，他俩都可悲。他给自己倒了一杯苏格兰威士忌，朝着她的方向举起酒瓶。她向他摇头。他耸了耸肩，穿过房间坐到他的椅子上。她真是扫兴，都不会见机行事。他叹息着坐了下来。他的椅子、她的椅子还有他们的婚姻生活都回来了。她看着手里的文件，是有关于妻子详述吉他手想要一个怎样的理想世界的文件，却根本看不进去。他喝着酒，而她空洞地盯着房间另一头。一片沉默。

他开口道："听着，菲奥娜，我爱你。"

几秒钟以后，她说道："我宁愿你睡到客房去。"

他低头同意，说道："我会搬走我的箱子的。"

他没有起身。他们都清楚那些未说出口的话里蕴含了强大的生命力，仿佛其中藏匿着看不见的鬼魂正环绕他俩翩然起舞。她没有对他说不准进公寓，而是默许他可以在这里过夜。他也还没有告诉她，是他的统计员把他赶了出来还是他改变了主意，抑或是沉溺于温柔乡中将让他提早进入坟墓。他们没有提及换锁的事情。或许他只是对她的迟迟未归感到可疑。她几乎无法忍受他出现在她的视线里。现在需要的是一场争吵，一场旷费多时、有数个回合的争吵。在这其中，可能会有与主题无涉的愤恨，他的悔悟中可能少不了诸多埋怨，可能要过上几个月她才会让他睡到她的床上，而另一个女人在他们中间制造的阴影可能永远不会消散。但他们或多或少会找到一种方式，一种回归到他们过去生活的方式。

思索自己需要付出的万般努力，遥想过程的纷繁复杂，就已经让她心力交瘁了。然而，她是非这么做不可的。她必须要起草一份无聊却必不可少的司法指南，作为他俩间的协议，这样她才会觉得心安。她觉得她终究还是需要一杯酒，但这样看起来又太像是在庆贺他的回归似的。离最终的和解还有漫漫长路。最重要的是，她无法忍受再听到他说他爱她。她想一个人待在床上，在黑暗中平躺着，啃几口水果，把吃剩下的扔到地板上，然后昏睡过去。有什么能阻拦她吗？她站起来，开始收拾她的文件，就在这个时候他开口说话了。

他口若悬河，话语中半是道歉，半是自我辩白，其中有些她已经听过了。他说起必将面临的死亡，这些年来他的绝对忠诚，他对未来不可遏制的好奇，以及那晚他几乎是一离开、一到达梅勒妮的家门口，他就意识到了自己的错误。梅勒妮只是个陌生人，他并不了解她。而在他们走进她的卧室时……

菲奥娜抬起手，示意让他停止。她不想听到卧室里的事情。他停了下来，思索片刻，又开始接着说。他意识到自己是个受性欲驱使的傻瓜，那天晚上梅勒妮给他开门的时候，他应该掉头就走，但当时的他颇为窘迫，觉得非继续下去不可。

菲奥娜紧握着公文包，把它贴住自己的腹部，她站在房间中央，看着他，思忖着如何阻止他滔滔不绝。令她惊奇的是，即便到了此刻，他们这出盛大的婚姻剧目已演至开场，那首爱尔兰歌谣还在她脑子里奏响，正好合上了杰克快速的说话节奏，听起来呆板却又不失喜气，像是街头手风琴艺人拉出来的音乐。她感觉自己处于一片混沌之中，她丈夫那哀怨的话语向她喷涌而来，她便疲惫不堪，难以理清思绪。她感到隐隐的愤怒或怨恨，但那绝非仅仅只是乐天知命。

是的，杰克说，他一到梅勒妮的公寓，他就觉得自己傻乎乎地非继续下去不可了。“我越深陷其中，就越明白自己是个十足的蠢货，我是在拿我们已经拥有的一切、我们一起创造的一切冒险，这份爱——”

“我已经忙了一整天，”她边说边穿过房间。“我会把你的行李箱放在门厅里。”

她顺道去了厨房，从桌上她买的一堆东西里挑了一个苹果和一根香蕉。将它们拿在手中，走进卧室时，她回想起下班步行回家时比较愉悦的心情。现在她感到有些轻松起来，但之前那种无忧无虑已经回不来了。她推开卧室的门，看见他的滚轮行李箱直挺挺地立在床边。这时她才洞悉自己对杰克的回归怀着怎样的心情。如此简单。他不在外面过真让她失望，哪怕在外面待得稍微久一点也好。仅此而已。真是失望。

第四章

在她的印象中——尽管事实并非如此——2012年的夏末，婚姻或合作关系的破裂与痛苦像任性的春潮一样在大不列颠波涛汹涌，它席卷了整个家庭，摧毁了人们的财产，击碎了充满希望的梦想，淹没了那些没有强大求生本能的人。夫妻双方背弃或是重写了当初爱的誓言，昔日亲密无间的伴侣变成了工于心计的竞争对手，他们浑然不觉要付出的高昂费用，卑微地在律师身后寻求庇护。在庭上，夫妻们为平日里弃置的家什你争我斗，斟字酌句的“法律协议”取代了曾有的互信。在那些委托人的心中，他们的婚姻史已被改写，改写成这桩婚姻是注定要破裂的，爱已被重塑为幻象。而孩子们呢？他们成了婚姻游戏中的赌注，是母亲们讨价还价的筹码，是父亲们在金钱或情感上忽视的对象；常常是母亲们——有时候是父亲们——用来指控被虐待的借口，不管那是真实的、想象的还是无端捏造的；依据共同抚养协议，不知所措的孩子们每周在两个家庭间来回奔波，法庭上，一名诉状律师向另一名尖声播报那些被随意搁置的外套和铅笔盒；孩子们注定每月只能见到父亲一两次，甚至一次也不能，因为那些最为果决的男人早已消失在新婚打得火热的铁匠铺，开始锻造新的后代了。

那么金钱呢？金钱这个词语半真半假，而且是种诡辩。贪婪的丈夫和贪婪的妻子就像战争快结束时，想在最后撤退前从废墟里捞一把值钱东西的参战国。男人们将资金藏匿在国外账户中，女人们想要永远安逸的生活。母亲无视法令不让孩子见父亲；父亲又违抗法令疏于照料孩子。丈夫殴打妻儿，妻子恶意欺瞒，夫妻一方甚至双方酗酒、嗑药或罹患精神病；而孩子们又被迫承担起照顾不称职父母的责任，他们的身心都受到肆意虐待，这些证据也都通过屏幕转播呈现在了法庭上。而令菲奥娜无能为力的是，在刑事法庭而非家事法庭审理的案件中，有儿童被折磨、挨饿或殴打致死，他们不幸的灵魂在这泛灵的仪式中甩离了身体。恶毒的年轻继父打断小孩的骨头，而愚钝、顺从的母亲只能在一边袖手旁观。毒品、酗酒、肮脏的家庭环境，冷漠的邻居选择无视孩子们的尖叫，而粗心、窘迫的社工也未能介入调停。

家事法庭的工作继续着。由于列表安排出了意外，菲奥娜一下子需要处理很多婚姻纠纷。巧合的是她自己也处于婚姻的纠葛之中。在她的审判工作中，被告人一般不至于被判入狱，但是尽管如此，她还是在闲暇时设想将这些人一一绳之以法，他们有的想牺牲孩子迎娶年轻妻子，有的想嫁个有钱又不太无趣的丈夫，他们想要不同的郊区生活、崭新的性爱与爱情、新的世界观，还有的想趁一切还未太晚而重新开始。仅仅是追求感官欢愉。道德败坏。菲奥娜明白是她自己膝下无子，还有与杰克的婚姻现状使她胡思乱想，当然了，她也只是想想而已，当不得真。尽管如此，她深深沉浸在自己的精神世界里，但她绝不让这些影响自己的决定，她如清教徒般蔑视那些男女，他们拆毁自己的家庭，还自欺欺人地说他们是在无私地争取最好的结果。在这一思想实验中，她本不该宽恕自己没有孩子这件事，或者至少不该原谅杰克。为何不像《实习医生风云》①里那样把他们的玷污婚姻归咎于某个新鲜事物呢？为什么不呢？

自从杰克回来后，在格雷律师学院家中的生活平静而又紧张。他们有过争吵，在争吵中，菲奥娜确实发泄了不少痛苦的情绪。然而，半日之后，那些感觉又卷土重来，依旧炽热

---

① 2001年的一部医务题材的美剧。

得如同结婚誓言一般，什么都没变，情绪并没有得到“净化”。她仍然是被背叛的那一个。杰克的道歉，总是夹杂着一再重复的抱怨，说什么她疏远他，她太冷淡。某天深夜他甚至说她很“无趣”，“不想好好做爱”。面对杰克的诸多指责，最让菲奥娜不快的是她知道那些是实情，然而它们并没有减轻她对杰克的愤懑。

至少他不再对她说我爱你。他们最近的一次交流是在十天前，重复了所有以前说过的话，同样的指责、同样的回应、同样经反复思量后说出的话语。不一会儿他们就退却了，不仅对彼此感到厌烦，连带对他们自己也厌烦起来。从那以后，他们便再无交流。他们过着各自的生活，在这个城市的不同地方做着自己的事。当不得不一起待在公寓里时，他们就小心翼翼避开对方，就像方形舞会上的舞者。非得协商家务事的时候，他们言辞简洁，一个比一个有礼。他们分开吃饭，在各自的房间忙活，但透过墙壁就能毫不费力地感受对方的存在，这使得他们心烦意乱。对要他们双双出席的邀请，他们无需讨论一概回避。她唯一有和解意味的举动就是给了他一把新钥匙。

菲奥娜从杰克的闪烁其词与闷闷不乐的话语中推断，他和那个女统计员并没有尽床笫之欢。但她不是真的那么放心，因为杰克很可能会到别的女人那儿碰运气，或许已经在跃跃欲试了，这次他已从诚实的羁绊中解放出来。他的“地质学讲座”也许是个颇有用的幌子。她还记得自己发誓，如果他铁定要和梅勒妮过，她就离开他。但她没时间来处理这件纠结的事。而且她还没拿定主意，她不太相信自己当下的心境。如果杰克能再给她多点时间思考，不要那么早回来，也许她能清楚地知道到底是结束这桩婚姻还是和他破镜重圆。于是她像平日那样专注于工作，至少这一天不用再理会和杰克演了半辈子的闹剧。

当杰克的外甥女将自己的一对八岁的双胞胎女儿留在他们家里过周末时，事情变得简单多了。由于注意力不再集中在与杰克的事上，整个公寓都显得宽敞起来。周末两晚，杰克都睡在客厅沙发上，孩子们也没有问什么。两个小女孩传统且举止端庄，既严肃又亲密，尽管偶尔也难免吵嘴。双胞胎中的一个，或另一个——她们俩很好分辨——会在菲奥娜看书时找到她并站到她跟前，信任地将手放在她的膝盖上，用银铃般的声音跟菲奥娜讲述一些趣闻、回忆或是自己的小幻想。菲奥娜也会对她讲自己的故事。在她们这次逗留期间，有两回她在开口为她们讲述故事的时候，她感到爱的潮汐——那是一种对孩子的爱——向她涌来，扼住了她的喉咙，刺痛了她的双眼。她觉得自己老而昏聩。每每想起杰克与孩子们待在一块是多么愉快，她就心烦意乱。有一回，他冒着暴露的风险纵容菲奥娜哥哥的三个儿子恶作剧，把女孩儿们吓得发出阵阵惨叫。而回家后，男孩们那愤怒的单亲母亲并没有教训他们。杰克还带男孩子们到花园里给他们看自己发现的稀奇古怪的蟋蟀，还会在临睡前不厌其烦、绘声绘色地给他们朗读故事。

然而到了周日晚上双胞胎被接走后，公寓又变回了原来的大小，空气陈腐不堪。杰克一言不发地离开了——显然是个怀有敌意的举动。是去幽会了吗？她一边寻思，一边让自己忙碌起来，打扫客房，好让她的情绪不再低落下去。她将毛绒玩具放回它们原来待着的柳条筐里，从床底下把玻璃弹珠和丢弃的图画都翻找出来，此时她感觉到一种淡淡的悲伤、一股愁思正慢慢将自己包围，那是因为孩子们的突然离开而出现。这种情绪挥之不去，一直持续到周一早上，然后悲哀袭上心头，在她步行上班时一直伴随着她。直到她坐在办公桌前开始准备这一周的第一个案子时，这感觉才渐渐消退。

在工作的某个时刻，她的手肘边突然出现了一叠信件，那肯定是奈杰尔·鲍林拿进来的。看到最上方那个比正规信封要小一些的淡蓝色信封，她几乎要把文书叫回来，让他替她拆开。因为她现在实在没有心情再看到满纸的错别字或暴力恐吓的控诉。她回头继续工作，但无法集中精力。那个不合规格的信封，圆圆的手写字，上面没写邮编，邮票有点贴歪了——她见过太多这样的信封了。可是，在她再次打量它的时候，她注意到了上面的邮戳，突然怀疑起来。于是她拿起信，在手里掂了掂，将它打开。看到称呼的那一瞬间，她知道自己猜对了。她其实已隐隐地期待了好几个星期。她曾向玛丽娜·格林打听过，得知那男孩最近好多了，已经出院，在家自学，补习学校的功课，再过几周就可以回学校上课了。

信封里有三张淡蓝色信纸，内容写了五页。第一张信纸最上方的中央画了个圆圈，里面写着数字七，下面是日期。

夫人您好！

这是我给您写的第七封信，不过我想这封我会寄给您。

下一段的前几个词被划掉了。

这封信很简短。我只想对您说一件事。我现在意识到这件事太重要了。它改变了我的一切。我庆幸没有寄出前几封信，因为不想让您看到。那太尴尬了！但是，那些信再怎么糟糕，也比不上唐娜护士告诉我您的判决时我骂您的那些脏话。我坚信您是站在我的立场做决定的。实际上我记得当初您也对我说过，说您相信我明白我自己在做什么，我还因此对您说了谢谢。当那位可怕的医生——“叫我罗德尼”卡特先生——和六个医务人员带着手术器械进病房时，我还在歇斯底里地咆哮。他们认为非得按住我不可，但其实没必要，因为我虚弱不堪。尽管我非常生气，但我清楚您要我做什么。于是我伸出胳膊让他们输血。一想到别人的血液流进我的身体，我便恶心得不得了，当场在床上呕吐起来。

但这并不是我要对您说的事。我要说的是下面这件：我妈妈不忍心看着我输血，就坐到了病房外面，我能听见她的哭声，我感到真的很难过。我不知道爸爸是什么时候来的。我想当时我晕过去了一会儿，醒来时，发现他俩都在我床边——他们都在哭，我感觉更难过了，因为我们都违背了上帝的旨意。但这是件非常重要的事——过了许久我才明白他们其实是喜极而泣！他们太高兴了，抽泣着拥抱我，互相拥抱，赞颂上帝。这太奇怪了，我一两天都没能想明白，完全出乎我的意料之外。最后，我才想通了。原来鱼和熊掌是可以兼得的！这句话我以前一直不明白，现在我能体会了。鱼和熊掌都能拥有。我的父母遵守了教义，没有违背长辈们，该做的都做了。他们可以期盼进入人间乐园了——同时他们的儿子还活着，我们中谁也不会被逐出教会。被输了血，但这不是我们的错！要怪就怪法官，怪这不信奉上帝的司法体系，怪这个所谓的"世界"。如释重负啊！我们的儿子还活着，尽管我们说他必死无疑。我们的宝贝儿子！

我不明白是什么造成了现在的一切。这是场骗局吗？不，这是我人生的转折点。容我长话短说。我的父母带我回家后，我把《圣经》从我的房间里拿了出来，象征性地将其正面朝下放在门厅里的一张椅子上。我告诉他们我不会再去王国聚会所那边了，他们想驱逐我就驱逐吧。后来我们又很凶地吵了几次。克罗斯比先生也过来开导过我，但没用。我一直在给您写信是因为我很想和您说说话，想听听您冷静的声音，想您用清晰的思维与我谈谈这个。我觉得您已把我带向某种别的东西，某种美丽而又深刻的东西，但我其实并不知道那是什么。您从没告诉过我您的信仰，但我很喜欢您过来看我并且和我一起演奏《柳园里》。现在我依旧每天读这首诗。我很乐意自己“年少无知”，而且要不是您，我现在什么都不是，我已经死了！我给您写过好多封愚蠢的信，时时刻刻都在想您，想再次见到您和您说说话。我会幻想一些不可能发生的美妙事情，譬如我们俩一起乘船周游世界，住在船舱的相邻房间里，在甲板上走上走下，聊上一整天。

夫人，您可以给我回信吗？几个字就行，告诉我您已经看过我的信了并且不介意我给您写信，好吗？

您的

亚当·亨利

附：忘了说，我的身体一直在康复。

她没有回信，或者说她没有将那晚花了将近一小时写的回信寄出去。菲奥娜觉得她在她的第四份，也是最后一份稿子上写得够亲切了，她很高兴得知他已回家并且感觉好些了，也很开心他对她的探访保有美好的记忆。她劝告他要好好爱自己的父母。她还说人们在青少年时代质疑从小就信奉的信仰很正常，但在质疑的时候，应该尊重他人、尊重他人的信仰。她在信的末尾说，尽管他的幻想不是真的，她倒觉得乘船周游世界的想法“很有趣”。她补充道，自己年轻时也和他一样梦想着逃离。当然那也是假的，因为她怀有远大抱负，即使只有十六岁，她也一心渴望文章能得高分，根本没想过什么逃离。去纽卡斯尔看望她的表亲是她年少时期唯一的冒险。第二天，当她看着自己写的短笺时，令她惊愕的并不是亲切友好，而是其中的冰冷语调，无谓忠告，“one”这个词的三重无人称用法，以及她捏造的回忆。她重读了他的信，再次被信中的天真与热忱打动。与其让他读了信后垂头丧气，不如什么都不寄给他。假如她改变了主意，以后还可以再写。

巡回审判的时间越来越近了，菲奥娜得和另一名负责刑事和民事案件的法官一起去英国其他城市和几个巡回审判的古镇。届时，她将会审理那些平常需要来伦敦法院审理的案子。她将入住特别安排的旅舍，这些排屋历史韵味十足，富有建筑特色，那儿的酒窖颇具传奇色彩，而管家兴许就是一位了不起的大厨。按照当地习俗，他们会应邀参加郡长举行的晚宴。然后，她和另一位法官会在住所设宴回礼，邀请当地名流或雅趣人士（这两者有区别）。旅舍的卧室比她家里的要气派得多，床也宽多了，床单的质地也更上乘。若是在以前那些较快乐的日子里，她这个对婚姻生活颇感安心的女人一定会为没能和丈夫一起享受这等条件的住宿而内疚，甚至会独自体验感官愉悦。而现在她却渴望从家里只有两人的默剧里逃离。而逃离的第一站便是她最钟爱的英国城市。

九月初的一个早晨，在即将开始巡回审判的前一个星期，她收到了第二封信。这次她忧心更甚，她还没打开信就知道是谁寄的了。蓝色的信封连同通告函、电子账单一块儿躺在玄关的地毯上。上面没有地址，只写了她的名字。亚当·亨利如果躲在法院外的河滨大道或凯里街，远远地跟在她身后，就可以轻而易举地获知她的住处。

杰克已经上班去了。她拿着信走进厨房，坐下来边吃剩下的早餐边读信。

夫人您好，

我甚至已不记得上一封信写了什么，因为我没留底稿，不过您没回信倒也没关系。但我还是需要和您说说话。这些是我的近况——与我父母经常大吵大闹，重新回到学校的感觉真棒，身体好多了，心情却时好时坏，一忽儿高兴，一忽儿悲伤，一忽儿又高兴。有时候，一想到我身体里流着陌生人的血液我就恶心，像在喝别人的唾液，也许更糟。输血是个错误，这念头在我脑中挥之不去，但我已经不再在乎了。我有好多问题想问您，但我甚至不确定您是否还记得我。在我之后您一定审理了许多案件，还得替许多人作出决定。我嫉妒他们！我想走上前拍拍您的肩膀，与您在大街上聊聊。但我做不到，因为我是个懦夫。我怕您认不出我。您也没有必要回这封信——但其实我多么渴望您的回复。请别担心，我不是想骚扰您或是其他什么的。我只是觉得我的脑袋快炸了，所有事情都要从那里蹦出来！

您诚挚的，

亚当·亨利

她立即给玛丽娜·格林发了邮件，问她是否能安排个时间去看望那男孩，就当作常规随访，然后将情况反馈给她。当天结束前她就收到了回复。玛丽娜下午在亚当的学校里见到了他，他要多上一学期的课为圣诞节前的考试做准备。她和他待了半个小时。亚当长胖了些，双颊也有了血色。他很活泼，甚至有些“调皮捣蛋”。他家里有点麻烦，主要是在宗教上与他的父母有了分歧，但她觉得这没什么不寻常的。校长私下告诉她，亚当出院后赶功课非常努力，他的老师也认为他上交的作业很出色。亚当上课时很积极，表现也不错。总之，随访的结果都很好。菲奥娜放心了，决定不给亚当回信。

一星期后，在她即将前往英格兰东北部的那个周一早晨，婚姻断层线发生了细微平移，那变位就如同大陆漂移那样几乎难以察觉。当时没有言明，也未被理会。后来，当她坐在火车上回想时，彼时彼刻的情境仿佛就横跨在真实与想象的边界。她可以信赖自己的记忆吗？她是在早晨七点三十分进入厨房的。杰克背对着她站在吧台前，正往研磨机里倒咖啡豆。她的行李箱放在门厅里，而她正忙于收拾最后的几份文件。像往常一样，她很不愿意与他一同待在一个狭小的空间里，于是她从椅背上拿起一块围巾回到客厅继续寻找她的文件。

几分钟后她回到厨房。他正从微波炉里取出一罐牛奶。他们对早餐喝的咖啡都颇为讲究，过了这么多年两人的口味已渐渐趋同。他们喜欢高级哥伦比亚咖啡豆研磨过滤出来的浓咖啡，装在高高的白色薄壁杯里，与不烫的温牛奶调着喝。他将牛奶倒入咖啡里，仍旧背对着她，然后转过身，举着杯子的手微微向她倾了倾。没有表达出任何想要把这杯咖啡递给她的意思，她没摇头也没点头。此时，四目短暂交会。他将杯子放在杉木桌上，并向她推了一英寸左右。这个小动作本身不代表什么，因为他们紧张地在对方身边转悠时总是会保持针对性的礼貌，好像是在比谁做得更礼貌却又不会显得不自然。本来就不该煮一壶只够一个人喝的咖啡。然而将杯子放到桌上的方式有好多种，可以将陶瓷杯嘭的一声放上杉木桌，也可以小心翼翼、悄无声息地放；接过杯子的方式也有好多种，她是顺手慢慢接过，抿了一小口后，思维并没有像平时那样游离开去，至少没有立刻游离开去。之后的几秒钟默然无声，那时看来他俩能到达的局面也就这样了，这一刻对他们来说有着太多的意味，更多的企图只会耽误了他们。他转过身去给自己拿了杯咖啡，而她也转身去卧室取东西。两人的动作都比平时慢了一些，也许甚至不太情愿。

午后不久，她到达纽卡斯尔。司机在检票口，把她送到码头区的法院。奈杰尔·鲍林已经在法官入口处等候，准备带她去她的办公室。他一早就带着出庭要用的文件以及她的法官长袍——他称之为“盛装”——从伦敦驱车来到这里，因为她不仅要出席家事法庭，还要出席王座法院。法庭文书进来作了正式的欢迎辞，安排案件的官员也来探访她，他们一起磋商了随后几天要审理的案子。

只剩下一些零碎事要处理了。直到下午四点，她才可以离开。天气预报说，傍晚时分西南部将有暴风雨袭来。她让司机等一会儿，自己则走到泰恩河大桥下宽阔的人行道上去散了一会步，她沿着沙丘路，途经新开的街边露天咖啡厅，以及有着古典外观的立体商业大楼前的花卉展。她走上通往城堡庭院的台阶，站在最上面一层台阶上回头望向泰恩河。她感受到了钢筋水泥与后工业的钢与玻璃的碰撞，老朽的仓库被改建成时尚的咖啡厅和酒吧。她曾在纽卡斯尔生活过，这儿让她感觉很安心。当年十几岁的她曾在母亲的病反复发作时来过几次纽卡斯尔，和她最爱的表姐妹待在一起。弗雷德舅舅是个牙医，是她认识的人中最有钱的，西蒙娜舅妈则在一所文法学校教法语。他们的家甜蜜又混乱，与芬奇利她母亲不通风、擦洗得锃亮的领地相比，到了这里不啻是一种解放。她的两个表姐妹与她年纪相仿，但生性活泼又缺乏管教。她们会在晚上强迫她出门，让她完成骇人的任务，其中包括喝酒，与四个长发及腰、耷拉着胡须的狂热音乐家待在一块儿，这四个人虽然看上去放浪形骸，实际却很友善。她的父母亲要是知道他们平日里用功好学的十六岁女儿是某些俱乐部的常客，喝樱桃白兰地、朗姆酒、可乐，并且已经交了第一个男朋友，一定会震惊、发狂的。与她的表姐妹一样，她也是个忠实的乐队迷，她可以容忍自己像笨手笨脚的乐队帮工那样，为一支缺乏设备、赚不到钱的布鲁斯乐队把电吉他和架子鼓搬到生锈破旧的货车的后厢。她也经常会给吉他调音。不过现实是她不能频繁地去那儿，而且每次逗留的时间不会超过三星期，这倒是让她得到了解脱。因为如果她待得再久一些——这绝对不可能——也许他们就允许她唱布鲁斯了。她可能就嫁给了她偷偷爱恋着的基思，那个一只胳膊已萎缩的主唱兼口琴演奏者。

在她十八岁时，弗雷德舅舅搬到南方去行医了。她和基思的爱情最终在泪水中结束，她也没有把那些情诗寄出去。彼时的冒险与狂欢，她此后再未遇到过，它们成了她对纽卡斯尔的念想中不可分割的部分。这样的经历在伦敦无法复制，即便她已身居高位。多年来，她曾多次借故重返英国东北部，其中有四次是巡回审判。每当她接近这座城市，看见斯蒂芬森设计的横跨泰恩河的高架桥时，总是雀跃不已，她如同一个激动的少女，在约翰·多布森创作的有三个拱形天顶的中央火车站下车，然后沿着托马斯·普罗塞设计的新古典主义风格的奢华门廊走出来。她的牙医舅舅开着一辆绿色捷豹来接她，车上坐着等不及见到她的表姐妹，是她们教会她欣赏这个车站以及这座城镇的建筑珍品的。她永远记得她出访国外，游历一座波罗的海城邦的印象，一座有着奇异的乐观主义与自矜之情的城市。那里空气清冽，光线呈空廓的冷灰色。当地人友好，但个性鲜明，极具自我意识，好似喜剧演员一般善于自我嘲讽。与他们相比，她的南方口音显得压抑又做作。杰克坚持认为，假如说不同的地质地貌塑造了英国人形形色色的个性与命运，那么，这些当地人就是坚毅的花岗石，而她自己是易碎的石灰岩。然而，她对纽卡斯尔这座城市少女般的迷恋，以及对她的表姐妹、那支乐队还有她的初恋的眷念，使她确信她可以改变，变得更加虔诚，更加真实，变成一个泰恩赛德人。多年过去，每每忆起那个志向，她依旧会微笑。但无论她何时回到纽卡斯尔，总有一个模糊的念头萦绕在她心头，即便是在她六十岁生日临近之际，那是想要一种新生，在另一种生活中挖掘未曾发现的潜力。

* * *

她乘坐一辆六十年代产的宾利轿车，目的地是坐落在利德曼公园一英里外的利德曼府邸。此刻车正开进公园大门，很快，她路过了板球场、两旁种满山毛榉的林荫道——山毛榉已经在一阵紧似一阵的和风中摇曳，然后是一片浮满绿叶植物的湖泊。利德曼府邸是帕拉第奥式的建筑风格，新近刚被粉刷过，看上去白得过于闪耀，里面共有十二间卧房，九名员工为两位巡回法官提供住宿与服务。佩夫斯纳对府邸内的柑橘园倒有几分赞许，认为其他便不值一提了。现在，唯有官僚机构能逆潮流而动在大刀阔斧的削减开支中，将利德曼府邸保留下来，但这种帮扶也快到头了，这是法院租用它的最后一年。这里由当地一户采煤世家所有，一年中有几个星期会租赁给他人，主要作会议中心或婚宴场地之用。如今他们才意识到，对于辛勤工作、仅仅路过此地的大法官来说，内设的高尔夫球场、网球场和户外温水游泳池是毫无必要的奢华配备。从明年开始，一家当地的出租车公司将提供宽敞的沃克斯豪尔来代替宾利轿车。法官们将下榻在纽卡斯尔市中心的一家酒店里，刑事司的巡回法官们倒是很喜欢这座深宅大院的幽静隐秘，偶尔还会安排那些有显赫亲戚的当地人来这里长住一段时间。不过，谈起利德曼，大家不免都带着个人的喜好。

这算是法官们最后一次下榻了，为表尊重，鲍林和管家在主门前恭敬地等候。鲍林夸张地挥了挥手，走向后车门，长靴后跟与地面摩擦发出踢踏之声。与往常一样，会所的管家又换人了。新管家是个波兰姑娘，菲奥娜觉得这姑娘也就二十多岁，但她的目光却很镇静。鲍林还未来得及提行李，她就稳稳地把菲奥娜最大件的行李提进了门。鲍林和管家并肩走着，把菲奥娜领到一楼的一间房间里。菲奥娜心想这就是她住的吧。房间在整栋屋子的前侧，有三扇落地窗面向山毛榉林荫道和野草纵生的部分湖面。卧房有三十英尺，客厅配有写字台，浴室却在一条走廊的边上，需从走廊走下三个台阶——台阶上铺有地毯——方至浴室。利德曼最后一次更新换代的时候，洗漱盆和淋浴设备还没有开始流行。

菲奥娜洗完澡走出浴室，这时暴雨突降。她穿着睡袍站在窗边，看着屋外的瓢泼大雨，雨如同幽灵般的高大影子迅疾穿过前面的空地，几秒钟就消失不见了。近处，一棵山毛榉树顶端的枝桠被风雨折断，翻倒了掉落在下面的枝桠上，摇摇欲坠，而后又突然掉下，像是获得了自由，卷落在风中，噼啪一声砸中车道。暴雨击打砾石发出嘶嘶的声响，与之同样喧哗的是沟槽里呜呜的响动声。菲奥娜打开灯，开始更衣。此时，大厅的雪利酒会已经开始十分钟了。

会客厅里的四位男士全都身着黑色西装，系着黑色领带，每人手握一杯杜松子酒。见菲奥娜进来，他们立马停下谈话，起身从手扶椅上站了起来。在一位穿着笔挺白色短上衣的服务生为她调酒的当儿，她的同事，来自英国最高法院，负责列制刑犯名录的卡拉道克·鲍尔先生开始将她介绍给其他三位男士。这三人中一位是法学教授,一位从事光导纤维的工作,另一位则供职于政府部门,负责海岸维护。他们都与鲍尔有些往来。这第一晚她并没有邀请宾客。接下来是必然要聊到的糟糕的天气。然后话题转到了五十岁以上的人和所有美国人是如何坚守在这个华氏世界里的,以及英国报纸为了取得最大的影响力,是如何用摄氏来播报严寒天气,用华氏来报道炎热天气的。男士们聊得热火朝天,菲奥娜却在纳闷角落里弯腰忙活的服务生为何要花这么长时间调酒。最后,他终于把酒送来了,此时他们正谈及多年前十进位币制改革被取消的事情。

菲奥娜已经从鲍尔那儿知道他目前正在纽卡斯尔复审一桩谋杀案。一位男子被控在家中用棍棒殴打母亲致死,谋杀起因是他的母亲虐待家里最年幼的孩子,也就是被告同母异父的妹妹。现场没有找到凶器,DNA 证据也不足。辩方认为该女子是被一名入室者所杀。最后的审判未成立,因为有个陪审团成员之前曾在手机上看到过一则该嫌犯前一次因为暴力袭击被定罪的报道,还把这五年前的小报消息告诉了其他陪审团成员。在这个数字技术普及的新时代,为了向陪审团"澄清"事实,一些事情必须得做。那位法学教授近期一直在向法律委员会提交意见文书，想来菲奥娜走进会客厅时打断的必定是关于此事的谈话。现在这个话题又重新开始了。搞光导纤维的男子问，怎么才能够防止陪审团成员在他们家中涉及家庭成员隐私的区域搜索与案件相关的信息或者让某个家人替他们这么做。教授的观点是，这倒相对简单。陪审团成员监管自己嘛。如若有陪审团成员私下谈论庭上尚未陈述的事宜，其他陪审团成员务须举报，否则将处以监禁。谈论者本人最高处以两年监禁，知而不报者最高处以六个月监禁。委员会将于翌年发布相关决议。

就在那时，男管家走进会客厅，邀请他们享用晚宴。虽然这位男管家估摸不会超过三十岁，他的脸却看上去异常苍白，好像抹了层粉似的。白得像阿司匹林，她曾听到一位法国农妇这样评价。但他看起来并不像有病，因为他表现得冷静、笃定。当他站到一旁，恭敬地鞠躬时，绅士们喝完了酒，跟随菲奥娜穿过一扇扇双开门来到宴会厅。这里的桌子本可以容纳三十位客人，但现在每边只安排了五个座位。房间铺的是木地板，墙壁被漆成几近荧光橘色，上面均匀地分布着火烈鸟的图案。就餐者现在坐在屋子的北面，风呼呼地吹，把那里的三扇框格窗刮得哗哗作响。空气凛冽潮湿。壁炉里有一束落满灰的干花。男管家解释说，这个壁炉多年前就已封死不用，但他会拿个暖风机过来。众人开始考虑如何安排席位，在一番客气的推托后，他们达成一致，认为菲奥娜应该坐在首席以保持席位的对称。

到现在为止，菲奥娜几乎没怎么开口说话。脸色苍白的男管家拿着一瓶白葡萄酒四处走动，为客人斟酒。两位服务生端来腌鱼肉酱和薄吐司片。坐在她左手边的是那位维护海岸线的专家查理，查理约莫五十岁，微胖，秃顶，看上去和蔼可亲。当其他三人还在继续谈论陪审团成员的话题时，他倒是客气地询问她的工作。看来不闲聊不行了，于是她泛泛地谈了谈家事法庭。但查理想要知道更多的详情。她明天要审理什么样的案子？谈到具体案件时，菲奥娜的情绪高昂了些。案情是这样的：地方当局想要将两个孩子——一个两岁的男孩和一个四岁的女孩——送进孤儿院。孩子的母亲酗酒，吸食安非他命，而且患有精神病，在精神病发作期间总是认为自己受到了电灯泡的监视。她已经无法再照料自己和孩子了。她的丈夫与她分居，一直离家在外。如今，丈夫露面，声称他和他的新女友可以担负抚养孩子的责任。而他自己也有吸毒问题，还有犯罪记录，但他有抚养的权利。明天将有一位社工出庭，提供他可以胜任父亲一角的证据。孩子的外祖父母很爱这两个孩子，也有能力、有意愿抚养他们，但他们没有抚养权。地方当局——它为儿童所做的服务曾被一份官方报告诟病——出于某些不明缘由，反对外祖父母的请求。母亲、父亲和外祖父母这三方存在严重分歧。而令事情更加复杂的是，众人对这个四岁女孩的现状意见相左。一位儿科专家说她有特殊需求，而外祖父母请来的儿科专家则认为，她虽然受到母亲行为的不良影响，又因饮食不规律导致体重过轻，但她的身心发展还是正常的。

菲奥娜说，像这样的案子这礼拜还有很多。查理将手放在额头，闭上了眼睛。真是一团糟啊！如果换做是他插手这样的事情，要让他明天一早做出裁决，他必将一夜无眠，整晚咬手指甲，在客厅里瞎喝一气。她问他为何来这里。查理说，他受英国政府指派，来这里劝说沿海的一部分农民加入当地的环保组织，并且同意让他们的牧草地被海水淹没，从而使这里变回盐碱滩，这是目前抵御沿海地区出现洪涝灾害最好、最省力的办法，对野生动植物也很有裨益，尤其是鸟类，还能有利于小规模旅游业的发展。但这一做法遭到了部分农业部门的强烈反对，尽管受此影响的农民将会得到很好的补偿。这一整天，他在几个会上发言，然而他的说话声都被其他人的大叫大嚷给盖过了。在当地流传的说法是这一方案要强制执行。尽管查理努力澄清，但他们并不相信他。

他被视为中央政府的代表，而农民们早已对其他各类问题怨念丛生，即便这些事情并不在他的部门管辖范围之内。而后，他还被推搡到走廊里。他说，一个“年纪是他的一半，力气是他的两倍”的男人揪起他的衣领，用他听不懂的方言骂骂咧咧。幸好他听不懂。明天他准备回那儿再试试。他相信最后他一定会办成的。

好吧，这些在她听来如同炼狱，不管怎样她宁愿处理精神病母亲这类的案子。两人低声笑了起来，这才发现其他三人已经停止交谈，在听他俩的对话。

卡拉道克·鲍尔是查理读书时的老友，他说道：“我希望你明白，现在跟你说话的是一位多么杰出的法官。相信你还记得连体婴案吧。”

在场的人都记得。此时，服务生清理了盘子，端上法式牛排，给客人倒上拉图酒庄的葡萄酒。他们聊起了那桩家喻户晓的案子，向她询问相关事宜，菲奥娜一一回答了他们想知道的问题。每个人都有自己的看法，但既然观点如出一辙，于是他们的话题很快转向当时各家报纸报道该案时的热情与竞争。他们很快又谈到了莱韦森调查报告出炉后关于最新表现的种种内幕新闻。他们吃完了牛排。按菜单所示，下面一道菜应该是黄油面包布丁。菲奥娜猜想，他们接下来应该会聊到西方拒绝向叙利亚运送作战部队的事情，争论这一举动是明智还是愚蠢。卡拉道克一谈起这话题就刹不住车。果不其然，是他打开了这话匣子，就在这时他们发觉在会客厅外面有阵阵说话声。鲍林和面色苍白的管家走了进来，在门口稍稍停留了一下，然后走向菲奥娜。

管家站在一旁，面露难色，鲍林则点头向宾客们致歉，然后在她的座椅旁俯下身子，凑近菲奥娜的耳朵轻声道："夫人，我很抱歉打扰您，但恐怕有件事需要您马上处理。"

她用餐巾轻拭嘴唇，起身说道："先生们，抱歉，我得离开一下。"

她走在鲍林和男管家的前面，穿过房间，男士们面无表情地站了起来恭送他们。走到外面，她对管家说道："别忘了我们还在等那台暖风机。"

"我现在就去取。"

他转身离开，举止似乎有些生硬。菲奥娜扬起眉毛，看着鲍林。

但他仅仅说了一句："这边走。"

她跟着鲍林穿过走廊，走进一度作为图书室的房间。书架上满是从旧货店淘来的书，一看就是酒店为了增加氛围大批购置的。

鲍林开口道："是那个耶和华见证人的小伙子，亚当·亨利。您还记得吗？那个输血的案子。他好像一直跟踪您到了这儿。他一路冒雨行走，全身都湿透了。他们想把他打发走，但我想您应该先知道这件事。"

"他现在在哪里？"

"在厨房。那里暖和些。"

"把他带进来比较好。"

鲍林一离开，她便起身在房间里来回踱步，她感到自己的心跳都加快了。如果她之前给他回信的话，现在就不必面对这一切了。面对什么呢？不必要地卷入一件已结的案子。不止如此。但没有时间考虑这些了。她听到脚步声正在逼近。

门开了，鲍林把男孩领了进来。她从未见过他下床后的模样，没想到他原来有这么高，已远远超过六英尺。他穿着校服：灰色的法兰绒裤子、灰毛衣、白衬衫，一件薄运动衫，全身都湿透了，头发因为试图用毛巾擦干而变得乱糟糟。他的手里拎着一只双肩背包。让他看上去最楚楚可怜的是他的肩上披着一块印有当地风景图案的利德曼茶巾。这块茶巾是他用来取暖的。

鲍林还在门口犹豫未定，男孩已经大步迈进房间。他走近菲奥娜，开口道："我真的很抱歉。"

在最开始的时刻，将她复杂的情感隐藏在母亲般的口吻背后，还是比较容易的。她说道："你看上去冻坏了。最好让人把暖风机拿到这儿来。""我去拿，"鲍林说罢便离开了。

"好吧，"她在沉默片刻后说道。"你到底是怎么找到这里来的？"

这又是一种逃避。她问的是怎么，而不是为什么，但眼下她也只能这么问了。他的出现仍然令她震惊，她还不愿知道男孩想从她这儿得到什么。

他的回答像背诵似的，沉着冷静。"我坐出租车一路跟随您到国王十字站，坐上了您的火车。我不知道您要在哪儿下车，所以只能买了一张到爱丁堡的车票。到了纽卡斯尔，我跟着您走到车站入口，看您坐上了一辆豪华轿车，我追着您的车跑，但还是跟丢了。我猜您要去的地方应该是法院，就问他们法院在哪儿。我一到这里就看到您的车了。"

男孩讲话的时候，菲奥娜一直注视着他，细细打量他身上的变化。他已不再消瘦，但还是很纤弱。肩膀和手臂更有力了。他的脸依旧长而精致，颧骨上那颗褐色的痣因为肤色被晒黑，几乎看不出来了。只能隐约看到他眼睛下方一点点紫色的印记。他的嘴唇饱满、湿润，在灯光的照射下他的眼睛漆黑深邃。即使在他试图表示歉意的时候，他也显得过于激动，过于急切，想把事情解释得再细致一些。当他把目光从她身上移开，在脑子里厘清事情的先后时，菲奥娜则在暗暗思忖这是否就是她母亲口中的“老派”面孔。无聊的想法。人们心目中浪漫派诗人的脸才是这样的吧，像是济慈或雪莱的表兄弟。

“我在外面真的等了很久，然后看到您出来，我就跟着您一路穿过市区，又折回河边，之后看您又上了车。这大概花了我一个多小时。最后我在手机上查到法官们下榻的地方，就搭了便车，在主干道上下了车，为了避开门房，我翻墙进来了，在暴雨中沿着车道一直走。我在旧马厩后面等了很久，正想着该怎么办呢，这时有人发现了我。真的很抱歉，我……”鲍林拿着暖风机，面有愠色地进了门。他可能费了番力气才从管家那里拿过来的。他们看着他嘟哝着趴在地上，一半身子钻进墙边的小桌下，插上插头，然后回身站了起来，把双手搭在男孩的肩上，将他拉到暖风面前。临走时对菲奥娜说道：“我就在门外。”

屋里又只剩下他们两个人了，菲奥娜说道：“你先是跟踪我到我家里，然后又跟踪我到了这里，我是否应该认为你有些恐怖吓人呢？”

“哦，不！请不要这样想。事情不是这样的。”他焦躁地环顾四周，仿佛他要做的解释写在房间的某处。“您看，您救了我的命。而且不止救了我的命。我爸爸试图隐瞒，但我看了您的判决书。您说您想保护我免受宗教的伤害。您做到了。我得救了！”

他被自己的玩笑话逗乐了。菲奥娜说道：“我救了你的命，并不是想让你追着我满国跑。”

就在这时，暖风机发出一阵有规律的哐啷哐啷声，声音响彻整个房间，必定是暖风机的某个零件掉进了风扇转动的轨道。声音愈来愈响，而后慢慢减弱，最后平稳了下来。她突然对整个酒店产生了怒意。冒牌货。垃圾。之前她怎么没注意到？

过了一会儿，她问道：“你父母知道你在哪儿吗？”

“我都十八岁了。想去哪儿就去哪儿。”

“我可不管你几岁。他们一定会担心的。”

他发出那种青少年在愠怒时常见的叹息声，并且将双肩包放到地上。“夫人，您听我说——”

“别再叫我夫人。叫我菲奥娜。”只要能让他安分守己，她就会好受点儿。

“我并不想嘲讽您或什么。”

“没关系。你父母怎么样?”

“昨天我和爸爸大吵了一架。自从我出了院,我们吵过好几次,但这次我们真的吵得很凶,我和他都大声叫嚷。我把我对他那愚蠢宗教的想法统统告诉了他,不管他爱不爱听。最后我走了出去。我回房收拾东西,拿了我的积蓄,跟妈妈告别,然后离开了。”

“你现在必须给她打个电话。”

“不需要。昨天晚上我在我住的地方给她发了条短信。”

“再给她发一条。”

他看着她,既讶异又失望。

“赶快。告诉她你现在人在纽卡斯尔,一切安好,你明天会再给她发的。你做完这一切,我们再聊。”

她移步走开,看着他修长的拇指在触摸键盘上飞舞。不一会儿,他就把手机装回了兜里。

“好了,”他说道,满怀期待地看着她,仿佛她是那个有话要说的人。

她叉起双臂。“亚当,你为什么来这儿?”

他的目光移向别处,他犹豫了。他不打算告诉她,至少不会直接告诉她。

"您看,我和以前不一样了。您来看我的时候,我真的准备去死了。像您这样的人肯花时间在我身上,真是不可思议。我觉得我那时愚蠢极了!"

她指了指椭圆形胡桃木桌旁的两张木椅,两人面对面坐了下来。吊灯的灯座由粗糙的着色木制成,挂着四个节能灯泡,从一边投下惨白的光束。这让他的颧骨和嘴唇的轮廓更加明显,也凸显了他的两条人中线。这是一张俊美的脸庞。

"我并不觉得你蠢。"

"但我真的是个白痴。不管医生护士怎么劝我,我都告诉他们别管我,觉得自己很崇高,很英勇。既纯洁又善良。没人能了解我有多么的深刻,这种感觉很好。我真的有点自我膨胀。我很高兴我的父母和长辈都为我骄傲。夜晚没人的时候,我会录影、排练,就像自杀式炸弹袭击者做的那样。我打算把它录在我的手机上。我希望这段视频能在电视新闻和我的葬礼上播放。我让自己在黑暗中哭泣,想象他们抬着我的棺材经过我父母,我学校里的朋友和老师,经过所有教堂会众。鲜花,花圈,哀乐。所有人都在擦拭泪水,所有人都深深爱我,为我骄傲。说真的,那时候我就是个白痴。"

"那上帝在哪儿呢?"

"就隐藏在这一切的背后。我是在遵从他的谕旨啊。但大部分时候我都沉醉在自己甜美的冒险中，我如何优雅地死去，得到世人的爱戴。我在学校里认识的一个女孩，三年前患了厌食症，当时她才十五岁。她梦想自己慢慢消逝，直至死去——用她自己的话说，就像风中的枯叶，缓缓地遁入死亡，每个人都同情她，在她过世后自责当初没有理解她。我跟她差不多就是一回事。”

此刻他坐在那里，菲奥娜想起了在医院初次见到他的情景。他斜靠着枕头，周围铺满了青少年使用的杂物。他回来找她，不是因为他的病情，而是出于一种渴望，一种不堪一击的天真。连“厌食症”这词从他口里说出来，都像是要去一趟充满希望的短途旅行。他从口袋里拿出一条绿布做的细带，兴许是他从内衬上撕下来的。他把细带捻在拇指和食指之间转动摩擦，像是在拨弄一串念珠。

“所以这和你的宗教信仰没什么关系。有关系的是你的感受。”

他举起双手。“我的感受来源于我的宗教信仰。我在执行上帝的意志，您以及其他所有人完完全全错了。如果我不是见证人，怎么会搞得这么一团糟？”

“听上去你那得厌食症的朋友已经渡过了难关。”

“是的，嗯，事实上，厌食症是有点像宗教信仰。”

看她不置可否的样子。他信口说道:“嗯,你知道,就是愿意承受苦难,钟爱痛苦与牺牲,觉得每个人都在看着你、关心你,全世界都在围着你转。还有你的体重!”

他这番一本正经又自我嘲讽的事后揣想令她忍俊不禁,而他也为自己出乎意料地逗乐了她咧嘴笑了起来。

这时,他们听见走廊里传来说话声与脚步声,那是客人们离开宴会厅,正穿过走廊,去客厅喝咖啡。然后又是一声刺耳的大笑在图书室门口响起。男孩担心会有人打扰他们,于是两个人都坐着,心照不宣地保持着沉默,等待声音消散。亚当低头凝视着自己紧握的双手,他把双手放在纹理光滑的桌子上。她惊讶于他生命中的所有时光:他的童年、少年时期,他祈祷、唱赞美诗、听牧师布道以及各种各样她永远无法知晓的宗教桎梏;她也惊讶于那个既严密又充满爱的社区,它一直给他力量,却险些要了他的命。

“亚当,我再问一遍,你为什么来这儿?”

“来感谢您。”

“要感谢我有更容易的办法。”

他无奈地叹了口气,把布条放回口袋。有那么一瞬间,她觉得他打算离开了。

“您的到访是我经历过的最棒的事情之一。”接着,他很快说道:“我父母的宗教信仰是一剂毒药,而您是解药。”

“我记得我没有劝你否定你父母的信仰。”

“您确实没有。您非常冷静,认真倾听,提出问题,发表意见。这是关键,是您特有的东西。它是锦上添花。您不必将它说出来。那是一种思维方式和谈话方式。如果您不明白我的意思,不妨去听听那些长辈说的话,您就知道了。还有当我们一起演奏我们的那首歌的时候……”

她插话道:“你现在还在拉小提琴吗?”

他点了点头。

“那还写诗吗?”

“嗯,写了很多。但我很讨厌我之前写的那些玩意儿。”

“你很棒。我知道你将来可以写出一些了不起的东西。”

她看到了他眼中的沮丧。她在扮演热心阿姨的角色,故意拉开两人的距离。她在交谈中屡有让步,她不知道自己会如此急于不让他失望。

“但是你的老师和那些长辈肯定很不一样。”

他耸了耸肩。“我不清楚。”他又说了一句,解释道:“学校太大了。”

“那我应该拥有的东西是怎么样的呢?”她严肃地说道,极力不让这话带有讥讽之意。

这个问题并没有令他尴尬。“当我看到我的父母哭成那样，真的哭，有点喜极而泣的感觉，我知道一切都崩塌了。但事情就是这样。在这崩塌中我看到了真相。我父母当然不想我死！他们爱我。但他们为什么不说，反而总是高谈天堂的愉悦？从那一刻起，我开始把输血看做一件平凡人的事情。平凡又美好。这与上帝一点关系都没有。把输血和上帝的意志挂钩才愚蠢呢。这就像是一个成年人走进一间全是小孩的房间，孩子们正在互相打闹，彼此伤害，成年人进来以后说，赶快，停止所有的胡闹，喝下午茶的时间到了！您就是那个成年人。您一直都知道，但就是不说。您只是提问、倾听。所有的生活与爱都在前方等着他——这是您在判决书中写的，是您特有的‘东西’，也是给我的启迪。从我们一起弹唱《柳园里》那一刻开始。”

她仍一脸严肃地说道：“你的头顶已经炸开了吧。”

她反过来引用他说过的话，让他开心地笑了，他说道：“菲奥娜，我现在可以一点不出错地拉完整段巴赫，可以说出《加冕街》的主题思想，一直在读贝里曼的《梦之歌》。我要去演一部戏，圣诞节前还要参加所有的考试。多亏了您，我现在像叶芝一样诗情满满呢！”

“不错，”她平静地说道。

他用手肘撑住桌子，探过身来，黑色的眼睛在糟糕的光线下闪烁，整张脸仿佛因期待以及无法忍受的欲望而颤抖不已。

她沉吟片刻，然后低语道："等一会儿。"

她站了起来，有些犹豫，似乎又想改变主意坐下。但她还是转身离开了，她穿过房间，出门走入大厅。鲍林就站在几步开外，假装饶有兴致地阅读一本放置在大理石桌上的游客指南。她低声、快速地对鲍林做了指示，然后回到图书室，关上了身后的门。

亚当已经从肩上扯下茶巾，正在查看上面印着的当地名胜的拼贴画。她一回到她的座位上，他就说道："这些地方我一个都没听过。"

"还有很多东西是你不知道的。"

当中途被打断的气氛消散之后，她说道："这么说来你失去信仰了。"

他似乎有些坐立不安。"是的，也许是。我不知道。我想我是害怕大声说出我失去信仰了。说真的，我不知道自己现在在哪儿。我的意思是，一旦你离见证人远了一步，你就再也回不去了。为什么非要用一个牙仙取代另一个牙仙呢？"

"可能每个人都需要牙仙。"

他体谅地笑了笑，说道："我不认为您这样想。"

她习惯于总结他人的观点，这一次又屈从了自己的习惯。"你看到你的父母在哭，你很困惑，因为你发现原来父母对你的爱高于他们对上帝或是来世的信仰。你需要逃离。这在你这个年龄很正常。或许你以后会去上大学。那会有所帮助。但我仍然不明白你在这里做什么。更要紧的是，你现在准备做什么，你打算去哪里?"

第二个问题更让他难以回答。"我在伯明翰有个阿姨，是我妈的妹妹。她会让我住上一两个礼拜。"

"她在等着你?"

"有点儿吧。"

她正要让他再发一条短信给他妈妈，这时男孩的手突然伸过桌子，她赶紧收回她的手，把它们放在膝盖上。

他无法忍受在他说话的时候看着她或是被她打量。他把手放到自己的额头，挡住眼睛。"我有个请求。您听后可能会觉得这很蠢。但请不要马上拒绝。请您说您会考虑考虑。"

"嗯?"

他对着桌面说道："我想过来跟您住在一起。"

她等着他再多说一些。她没有料到会是这样一个请求。不过现在，这好像已经很明显了。

他仍然不敢直视她。他讲得很快，好像在为自己的声音尴尬。他把自己的想法都说了出来："我可以给您打零工，做家务，跑腿。您可以给我读书清单，您知道，就是您认为我应该知道的所有东西……"

他遍行全国、走街串巷跟踪她，他在暴风雨中行走，只为了问她这一句。他曾幻想与她一同度过一段悠长的海上之旅，幻想与她在颠簸的甲板上边来回踱步，边整日倾谈，他现在的恳求是之前幻想合乎逻辑的延续。合乎逻辑又疯狂愚蠢。并且一派天真。沉默笼罩着他们，束缚着他们。就连暖风机的当啷声似乎都在慢慢减弱，房间外也没有任何动静。他仍是不敢正视她，她凝视着他的发旋，他那深棕色的头发年轻健康，此时已经干透，闪耀着光亮。

她柔声说道："你知道那是不可能的。"

"我不会碍着您的，我是说，碍着您和您的丈夫。"最后，他把手从脸上移开，看着她，说道："您知道，有点儿像个房客。等我考完试，我可以找份工作，付一些房租给您。"

她想起家里的客房，客房里的两张单人床，编织篮里的泰迪熊和其他动物玩偶，放玩具的橱柜塞得满满当当，一扇橱门已经合不上了。想到这里，她突然咳嗽了起来，她站起身，走到房间有窗户的那头，佯作看向窗外漆黑一片的景象。最后，她没有转身，开口道："我们只有一间客房，还有好多个侄子侄女要来住。"

"您的意思是，您不同意？"

这时，响起一记敲门声，鲍林走了进来。"夫人，还有两分钟，"说罢他便走了。

她离开窗边，走向亚当，弯腰捡起他放在地上的双肩背包。

"我的文书会带你坐出租车去车站，给你买张明早去伯明翰的车票，然后在车站附近给你安排一家旅馆。"

他顿了一下，慢慢起身，从她手中接过背包。尽管他个子很高，此时看起来就像个受惊的小孩。

"那么……就这样了？"

"我希望你向我保证，明天上车前会再联系你母亲。告诉她你要去哪儿。"

他没有回答。她领着他走到门口，一同走了出去，进入大厅。大厅里空无一人。会客室的门关着，卡拉道克·鲍尔和客人们仍在里面。她让亚当在图书室边上等她，她自己则走到她的房间从手提包里取了些钱。在回来的路上，她站在宏伟阶梯的最顶端向下望，底下的情景一览无遗。前门洞开，管家正在和司机说话。在他身后，门廊台阶下面，停着一辆出租车，车门开着，欢快、激昂的阿拉伯管弦乐声从车里传了出来。她的文书正大步穿过大厅，可能是去阻止管家，怕他引起什么麻烦。而亚当·亨利仍然站在图书室门口，他的包被他抱在怀里，紧紧贴住胸口。当她走到他面前时，管家、司机和文书还站在外面，站在砾石路上的车子旁讨论，她希望他们在讨论的是哪家旅馆合适。

男孩开口道："可是我们还没有——"她抬手示意，让他别再说下去。

"你得走了。"

她轻轻地用手指捻住男孩薄外套的翻领，将他拉近自己。她想亲吻他的脸颊，于是她抬起手，而他微微弯了弯腰，他们的脸便凑得很近，但此时他转过头来，他们的唇触碰在了一起。她原本可以后退，原本可以立即离开他，然而，在那一刻，她却逗留踯躅，毫不防备。肌肤与肌肤的触感抹去了任何选择的可能。假如可以纯洁地深吻那唇，她会这么做的。这短暂的碰触，不仅仅是一个吻，不仅仅是一个母亲可能给他长大成人的儿子的吻。这吻只停留了两秒，也许三秒，却已足够让她感受到他双唇的柔软，感受到将她与他阻隔起来的那所有的年月，所有的生活历练。当他们退回各自位置的时候，肌肤上的轻微黏合仍有可能将他们拉回一处。但踩踏在砾石路与外面石阶上的脚步声越来越近，她放开他的衣领，再一次说道："你得走了。"

男孩拿起放在地上的双肩包，跟着她穿过大厅，一同走入夜间室外清新的空气中。司机站在台阶的最下一层，向他们友好致意，并打开了出租车的后车门。此时，音乐已经关了。她本打算把现金给亚当，但她突然改变主意，把钱交给了鲍林。鲍林接过一小卷纸币，向她点头，咧了咧嘴。而亚当冒失地耸耸肩，似乎想从所有人中挣脱出去，他钻进车后座，把书包搁在膝盖上，直视着前方。她已经开始后悔自己的安排了，她绕向车旁，想与他最后对视一眼。他显然意识到了她的举动，但故意扭过头去。鲍林坐上副驾驶座。管家面带不屑，反手一挥，替亚当关上了车门。出租车驶远了，菲奥娜这才弓着背，匆匆走上裂纹斑斑的石阶。

第五章

一周以后，她离开了纽卡斯尔，所作的裁决已经公布，代办报告将延缓处理，留下那些或心满意足或忿忿不平的当事人，其中一些人被准许提出上诉，他们也因此获得了些许安慰。至于那件她在晚宴上向查理描述的案子，她作了这样的裁决：同意两名孩子住在外祖父母家中，并允许孩子的父母每周分别在有他人监管的情况下与孩子接触，六个月后法院将重审此案。到那时，无论谁接手这件案子，都将受益于一份进展报告，报告内容涉及儿童福祉、父母同意加入戒毒项目所做的承诺以及母亲的精神状态。小女孩将继续留在她原本就读的英国圣公会小学，在那里，她的情况最被了解。菲奥娜认为，地方当局的儿童福利部门对这一案子的处理方式堪称典范。

星期五傍晚，她向其他法官道别。周六早上，在利德曼府邸，鲍林把一箱箱文件和她挂在衣架上的法袍装进汽车后备厢。他们的行李堆放在后座上，她自己则坐在副驾驶座上，开始向西驶往卡莱尔[①]，途经泰恩峡谷，横穿英格兰，在他们的右侧是切维厄特丘陵，左侧是奔宁山脉。然而，地理与历史带来的好戏却被交通搅得沉闷无比，车流量、交通常规和道路设施整齐划一地定义了不列颠群岛。

穿过赫克瑟姆桥时，他们的车速慢得如同步行，她的手机无所事事地躺在她的手里，此刻，她又像在过去一周的许多个工作间隙里做的那样，思索起那个吻来。她干了件多么冲动的蠢事啊，当时竟然没有即刻抽身。违背职业操守与社会道德的疯狂之举。然而肌肤和肌肤的真实触感，随着时间的推移却在她的记忆中逐渐扩散。她又试图将记忆切回到那落在唇上的无可指责的轻轻一吻。但这吻很快又开始膨胀，直到她不再分得清她在冒着怎样蒙受耻辱的风险，或是会发生怎样的羞辱，或是这样的羞辱会持续多久。卡拉道克·鲍尔随时都可能走进大厅。更糟的是，他的某位守不住秘密的客人可能已经目睹此事，并且宣扬了出去。鲍林也有可能结束与出租车司机的交谈，返回室内，令她措手不及。那样的话，她和鲍林之间小心翼翼构筑的距离感——正是这

① 英国英格兰西北部城市，坎布里亚郡首府。

距离感让她得以顺利工作——就会毁于一旦。

她通常不会冲动行事，无法理解自己当时的行为。她意识到在她复杂的心绪中，有许多需要面对，但现在占据她身心的是对可能会发生的事情的恐惧，荒唐、丢人，违反职业道德。她本该背负所有耻辱的。难以置信的是，竟然没有人看见她，竟然让她从犯罪现场全身而退了。比起这个，她宁愿相信真相——尽管如一枚苦涩的种子般坚硬乌黑——即将自动揭晓：她被发现了，只是她没有察觉到罢了。即便是现在，在几公里之外的伦敦，这件事也在被人议论着。不久后的某一天，她会接到一位比她职位高的同事的电话，对方的声音有些迟疑又不无尴尬。菲奥娜，是这样的，非常抱歉，但恐怕我还是得提醒你，嗯，有事情发生了。之后，当她回到格雷律师学院，等待她的将是一封来自司法投诉处调查官的正式信函。

她在手机上按了两个键，想给丈夫打个电话。她害怕这一意外之吻，极力想保护自己身为人妻的名节和本分。出于习惯，她不假思索地拨通了电话，几乎忘了自己和杰克之间仍然存在的龃龉。她听见杰克踌躇地应了一声，从电话里的背景声音中可听出他身在厨房。广播正在播放，可能是普朗克的曲子。以往的星期六早晨，他们总会早早地、悠闲地享用早餐：摊开的报纸、声音柔和的第三频道广播、咖啡、从兰斯康迪特街买回来的温热的法式葡萄干面包。他会穿件涡旋花纹的真丝睡袍，胡子拉碴，头发蓬乱。

电话那头，他谨慎、冷静地问她是否一切安好。当她说出“还好”时，她不禁为自己听上去如此正常而感到惊讶。之后她开始自如地东拉西扯，就像鲍林突然满意地长出一口气，因为他想起了一条近路，于是驶离了拥堵的车流。她谈到了家务，以此提醒杰克她在月末的归期，这听上去十分合情合理，并且非常自然地——或者至少曾经是这样——建议在她回家的那晚他们应该一起出去吃个饭。附近他们喜欢的一家餐厅通常都会提前订满。或许他现在就可以去预订了。他认为这是个好主意。她听得出他在极力压制自己声音中的惊奇，巧妙利落地将语气控制得既不热情又不疏远。他又问了一遍她是否一切安好。他太了解她了，显然她听起来并没有那么正常。她故作轻松地强调自己当然一切都好。之后他们又聊了几句工作上的事。最后，电话在他小心翼翼的“再见”中结束，这声“再见”听来几乎像是一句问话。

这通电话还是起了作用。她得以从神经质的妄想中抽离出来，回到了现实中，开始考虑下一步安排，接下来的约会，他们有所缓和的关系。她觉得自己得到了更好的保护，也更理智了。如果真有针对她的投诉，她现在应该已经听说了。她很高兴自己能打这通电话，并且从那个难以定义的早餐时刻起，她可以做点事情了。这个世界永远不会呈现出她焦灼想象的那副模样，这一点值得铭记在心。一小时后，当汽车开始缓缓行驶在拥堵的 A69 公路，即将进入卡莱尔时，她全神贯注地阅读起了法院文件。

又过了两周，她的巡回审判结束，但在北方四城仍有更多的公平正义需要主持。她就这样在克勒肯维尔区一家餐厅的安静角落里，与她的丈夫在一张桌子边上面对面地坐着。他们中间放着一瓶红酒，他们小心翼翼地喝着。没有突然的冲动想要和好如初。他们避开那些有可能会摧毁他们的话题。他用一种令人尴尬的温柔语气同她说话，仿佛她是一颗非同寻常的炸弹，中途就可能爆炸。她问了他工作上的事，问他那本有关维吉尔的书，那是一本导读与选本，一本面向中小学和大学的“世界性”教科书，他深信这本书会让他大赚一笔。她紧张地提出一个又一个问题，感觉自己听上去就像是个采访者。她希望自己就像是第一次观察他，能从他身上看到陌生的东西，就像多年以前她爱上他时那样。但这不容易。他的声音、他的相貌就如同是她自己的一般熟悉。他面容粗犷，神情忧郁。这些固然迷人，但对她已不复吸引力。

他的手放在桌上的酒杯旁，她期望这双手不要来牵她的手。

晚餐快要结束时，他们那些较为安全的话题已经用尽，随之而来的是令人恐慌的沉默。两人都没了胃口，甜点和剩下的半瓶红酒都没有动。他们未说出口的对彼此的埋怨困扰着他们。她仍然对他无耻的出轨行为耿耿于怀；而他呢，她猜他一定怪她表现出过分受伤的样子。这时，他用勉强的语气聊起昨晚他去参加的一个地质学讲座。这一讲座主要论述沉积岩岩层的形成可以被当作一本有关地球史的书来阅读。最后，演讲者做了一些推测。一亿年以后，大部分海洋没入了地幔，大气中的二氧化碳含量不足以维持植物的生存，地球表面变成了无生命的岩质沙漠，到那个时候，从外星来访的地质学家还能找到我们的文明存在过的证据吗？事实上，地表下几英尺深处的岩石中，一条粗黑的分界线就能将我们和已经消失的物种区分开来。沉积在那六英寸宽的乌黑岩层里的将是我们的城市、车辆、道路、桥梁和武器，以及所有未曾在以往的地质记录里发现过的化合物。混凝土和砖块将会变得像石灰岩一样易于溶解。最优质的钢铁也会变成铁质碎屑。更为细致的显微镜观察或许会揭示，在我们种植的用以养殖大量牲畜的草场里，花粉量其实占了主体。幸运的话，地质学家可能还会发现骨头化石，甚至是我们地球人的骨头化石。但到那时，野生动物的重量，包括所有鱼类在内，加起来也不及所有牛羊重量的十分之一。演讲者最后得出结论，他正在目睹一场大规模的物种灭绝，物种的多样性已经开始急剧减少。

杰克滔滔不绝地讲了五分钟。这期间菲奥娜感受到了这毫无意义的时间加之于她身上的压迫感。无法想象的终年荒漠、人类无法逃避的结局，令他神采飞扬、兴致勃勃，然而她却意兴阑珊。阴郁笼罩在她的周围。她感觉到一股重力压在她的肩头，蔓延至她的双腿。她把餐巾从她的腿上拿开，放到桌上，犹如丢出白布表示投降，然后站起身来。

此时，他仍在讲话："就这样我们在地质记录上签下了自己的大名。"看到她起身，好似一脸惊讶。

她说："我想我们该结账了。"说完便迅速穿过餐厅去了洗手间。她站在镜子前，双眼紧闭，手里拿着一把梳子，以防有人突然进来，而后慢慢地深吸了几口气。

两人之间的破冰动作既不快捷，也不顺畅。起初，是如释重负，他们无需在公寓里刻意避开对方，也不必再冷漠地用令人窒息的礼貌互相较劲。他们一起吃饭，开始接受邀请与朋友们共进晚餐，互相交谈——虽然话题大多围绕工作。但他仍旧睡在客房里，而当他们的一个十九岁的外甥来过夜时，他就重新睡到客厅的沙发上。

到了十月下旬，时光仿佛再度倒流，筋疲力尽的一年终于接近尾声，黑暗悄然降临。一连几个星期，她与杰克的关系再次停滞不前，几乎变得和之前一样令人窒息。但她太忙了，晚上回到家已是疲惫不堪，实在提不起劲开始一场难度颇高、可以推动他们进入一个新阶段的谈话。除了要审理平常的案件之外，她还在新的法院程序制订委员会中担任主席，并且在另一个委员会中负责回复家事法法规的修正报告。如果晚饭后仍有精力，她会独自练习钢琴，为她与马克·伯纳的彩排做些准备。杰克也很忙，在学校临时替一个生病的同事代课，回到家则专心为他那本维吉尔选集撰写篇幅很长的导读。

负责在大礼堂举办圣诞狂欢会的出庭律师已告诉她和伯纳，他们的节目已被选为音乐会的开场秀，表演不能超过二十分钟，加演节目最多不超过五分钟。时间是足够他们演奏柏辽兹的《夏夜》套曲选段和马勒的《吕克特之歌》中的《远离尘世》了。格雷律师学院合唱团将演唱几曲蒙特威尔第和巴赫的作品，之后则是一个海顿作品的弦乐四重奏表演。一年当中许多个夜晚，格雷律师学院的众多律师会在马里博恩的威格莫尔音乐厅皱着眉头专注地聆听室内音乐。他们知道将要表演的所有曲目。据说，他们在演奏之前就知道它弹坏了。在这里，即使开场前有葡萄酒，整体氛围从表面上看也算宽容轻松，可对于一场业余表演来说，它的标准还是十分严苛的。菲奥娜有时会在黎明前醒来，不知自己这次是否能胜任，如果演砸了又是否有什么借口能为自己辩解。她觉得自己不够专注，马勒的作品又很难，曲调听似懒洋洋的，十分平缓，实则充满张力，蓄势待发。这样的作品会使她的水平暴露无遗。而且日耳曼民族渴望遗忘的情怀也让她坐立不安。但马克不一样，他早已迫不及待地想要登台献艺了。两年前，他的婚姻破裂。而现在，据舍伍德·朗西说，他的生命中又出现了一个女人。菲奥娜猜想这个女人应该会来观看这场演出，所以马克急切地想要给她留下深刻的印象。他甚至要求菲奥娜背下所有乐谱，但菲奥娜告诉他那太难为她了。她只能背下他们准备的三四首简短的加演曲目。

十月底的某一天，她在法院早晨收到的邮件中发现一个熟悉的蓝色信封。当时鲍林也在办公室。为了掩饰自己的感情——既激动，又有些隐隐的恐惧，她拿着信走到窗边，假装对楼下的庭院感兴趣。鲍林离开后，她从信封里抽出一张折了两折的纸。纸的底部有被撕过的痕迹，纸上是一首未完成的诗作。诗名用大写印刷体书写，下面画了两条横线。

“亚当·亨利的抒情诗”。字体很小，但诗却很长，写满了整整一页，没有其他的附函。她扫了一眼诗的第一节，没能读懂，就把信放在一边。半小时以后，她就要开始审理一个棘手的案子，一系列复杂的婚姻诉讼和反诉将要耗费她两周的时间来处理。诉讼双方都想以牺牲对方为代价来保住自己数量可观的财产。所以眼下显然不是读诗的时候。

当她再次打开信封时，已是两天之后了。晚上十点钟。杰克去参加另外一场有关沉积岩层的讲座，或者说他是这么说的，她宁愿选择相信他。她靠在沙发上，把那张撕过的信纸平铺在大腿上。在她看来，这诗像是那种写在生日贺卡上的打油诗。她强迫自己有一种更宽容的心境。毕竟这只是一首抒情诗，而他也只有十八岁。

亚当·亨利的抒情诗

我拿起木头十字架，拖拽到溪边。
年轻愚笨的我，为梦魇所困，
梦中忏悔变得荒唐，重负也只为愚人准备。
但以往的礼拜，都教我循规蹈矩生活。

碎片划伤我的肩膀，十字架如铅般沉重，

我的生活狭小虔诚，我却濒临死亡，
小溪欢快地奔腾，阳光翩然起舞，
但我必须继续前行，双眼盯着地面。

鱼跃出水面，背上挂着彩虹。
珍珠般的水滴溅起，划出银色的轨迹。
“想要自由，就把十字架扔进水里！”
听罢我将重负扔进水中，扔进紫荆树的阴影。

我跪在岸边，欣喜若狂。
她靠上我的肩膀，献上最甜蜜的亲吻。
而后潜入冰冷的河底，从此杳无音信，
我泪眼婆娑，直至号声响起。

耶稣现身河上，开口对我说，
“那鱼是撒旦的化身，你必须付出代价。
她的吻就是犹大之吻，她的吻泄露了我之名。
愿他

但愿他什么？诗的最后一节末尾几个字隐没在杂乱的涂改、

删掉又重新添加的字词以及画有问号的变体词中间。她并没有尝试去辨认这一团字迹，而是把诗又读了一遍，然后重新靠向沙发，闭上双眼。他在生她的气，把她比作撒旦，这一点她还是介怀的。她在脑中构思了一封给他的回信，尽管她知道她永远不会把它寄出去，甚至也不会写下来。她冲动地想要去安抚他，也想为自己辩解。她想出了几句乏味、现成的话语：我必须把你送走，这是为了你好，你还年轻，有自己的前途。说得更清楚点吧，即使我们有空余的房间，你也不能在这住下。这样的事对一位法官来说，是绝不可能发生的。她补充了一句，亚当，我不是犹大。或许是个讨人厌的老太婆……最后这句话是想要让自己辩解的强烈意图变得淡一点。

她那"最甜蜜的亲吻"简直是不顾后果，而她并没有得逞，就他而言没有。但是，不给他回信是一份善意。不然，他会写回信，会来到她门前，而她又不得不再次把他赶走。她折好信，把它重新放回信封里，然后拿到卧室，藏在床头柜的抽屉里。他很快就会继续前进的。不管是重新回归宗教，还是犹大、耶稣，他不过是想用诗歌的手法来夸大她糟糕的行为——亲吻他，然后把他塞进出租车送走。但无论如何，亚当·亨利都很有希望在他延期了的考试中发挥出色，并考入一所好大学。她会渐渐淡出他的脑海，成为他情感教育历程中一个微小的身影。

* * *

他们在马克·伯纳房间楼下的一间狭小、空荡的地下室里。没人记得这架戈特里-史坦威立式钢琴怎么会立在这里，二十五年来不仅无人认领它，更没人想要去搬动它。琴盖上有划痕和香烟烫过的痕迹，但钢琴的活动部件依旧完好，音色也十分柔和。屋外气温已降到零下，格雷律师学院的广场上如画般积起了这个冬天第一英寸的雪。在这里，他们称之为排练室的地方，没有暖气，好在一面墙上装着维多利亚早期的水暖设备，其中的一些管道还能持续散发出微弱的热气，也恰巧维持了钢琴的音调。地板的历史则可追溯到二十世纪六十年代，由一条条被粘在水泥地上的细条绒组成，上面满是咖啡污渍。如今地板的边缘都已翘了起来，很容易把人绊倒。低矮的天花板上安装着一个一百五十瓦的光秃秃的灯泡，光线有点刺眼。马克之前提过要买个灯罩。这个房间里除了乐谱架和钢琴凳之外，唯一的家具就是一把摇摇晃晃的厨房椅，他们把外套和围巾都堆放在上面。

菲奥娜坐在琴键前，双手紧握放在腿上，好暖和些，她的眼睛则注视着眼前的乐谱，这本乐谱里，《夏夜》被改编成了钢琴乐和男高音演唱两部分。她记得家里客厅的某处有一张迪卡娜娃的老黑胶唱片，不过她已经有好些年没见过了。就算找到了现在也帮不上什么忙。迄今为止，他们一共只练了两次，急需加紧排练。但是马克前一天出庭，现在仍然忿忿不平，想要和她讲讲事情的来龙去脉，以及他未来的打算，因为他要离开法律界了。他受够了。太悲伤、太愚蠢、太耗费年轻的生命。多么老套而又空洞的威胁啊，但她现在坐在那儿冷得直打颤，她觉得自己还是有必要听他把话讲完。即便如此，她也无法控制自己盯着乐谱开头的《维拉内拉诗》，看着那轻柔反复的和弦，跳动的八分音符断奏，想象着美妙的旋律，又或者是自己在脑中诠释戈蒂埃的诗的第一句：

当新的季节来临，当寒冷渐渐消隐……

伯纳手头的案子有关四个青年和另外四个青年打架的事，两拨人恰巧在塔桥附近的酒吧外遇见，打了起来。八个人都喝了酒，却只有第一拨的四个人被逮捕和起诉。陪审团认为他们犯了极为严重的故意伤害他人罪，并接受了控方的陈述，即这四个青年应被视为共同犯罪而加以处置，也就是说不管他们各自做了什么，都应该承担一样的罪责。因为他们都参与其中。陪审团做出裁决之后，即量刑的前一周，萨瑟克区一位名叫克里斯多弗·克兰汉姆的法官建议这几个青年要做好心理准备，他们会受到判处监禁的重罚。四个人中有一个叫韦恩·加拉格尔的小伙子，他的家属，就在这个时候，着急地找到马克·伯纳，请求他参与此案，提供帮助。他们在亲朋好友中办了一场募捐，加上巧妙的网络众包[①]，募得了所需的两万英镑。在量刑前，他们希望在加拉格尔被判决前，这位颇富声望的王室法律顾问能为加拉格尔说上几句话，替他争取从轻处罚。之后，尽管指导律师还在跟进这个案子，完全能胜任的法律援助顾问已经被他们解雇了。

伯纳的当事人是一个二十三岁的青年，来自达尔斯顿，为人有点不切实际，最大的毛病是比较消极，而且常常说话不算话。他的母亲酗酒吸毒，父亲也是如此，在韦恩混乱不堪且备受忽视的童年时光，他基本不在儿子身边。加拉格尔爱他的母亲，并坚持认为母亲也很爱他。母亲从未打过他。青少年时期的韦恩大部分时间都在照顾母亲，不怎么去学校上课。十六岁时他辍学，干起了一些比较低端的工作——在拔鸡毛厂的仓库做工，把广告宣传单塞进信箱里。他从未领

① 一种新型商业模式。一个公司或机构把过去由员工执行的工作任务，以自由自愿的形式外包给非特定的大众网络。

过失业救济金和租房津贴。五年前，他十八岁，被一个女孩控告为恶意强奸，在少管所里关了几周，随后又被记录在案，严格宵禁长达半年。虽然有手机短信可充分证明两人是你情我愿地发生性关系的，可警方却拒绝调查，因为他们需要达到强奸案数量的指标要求。而加拉格尔正是他们需要的人。案件审理的第一天，原告最要好的朋友提供了确凿的证据致使案子无法成立。原来所谓的受害人只是想从刑事损害赔偿局那儿得到一笔钱，她非常想要一台新的 Xbox 游戏机。她发短信把这个想法告诉了她的朋友。后来，人们看到检察官把他的假发狠狠地扔到地上，嘴里还小声嘀咕着："蠢姑娘。"

"加拉格尔的另外一个不良记录，"伯纳说，"是他十五岁时，偷走了一名警察的头盔。虽然只是个愚蠢的恶作剧，但留下了'袭警'的记录。"

我的宝贝，春天已经来临。这是属于情侣们的幸福时光。

律师站在她的左手边，面对着乐谱架。他穿着一条紧身的黑色牛仔裤和一件黑色高圆翻领套衫，这让她想起了过了时的"垮掉的一代"，唯一需要调整的是他用一根绳子挂在脖子上的老花镜。

“知道吗，当格雷厄姆法官告诉这些青年他们将会面临怎样的处境时，其中两个人说他们想要马上开始服刑。就像是排队等着进入烤箱的羔羊和火鸡一样顺从。韦恩·加拉格尔的妻子刚刚怀上孩子，最后一个星期他很想和妻子待在一块，可这样一来他就不得不和另外三个人一起去服刑。所以我必须得大老远地跑到伦敦东部那个垃圾地方去见他。泰晤士米德镇。”

菲奥娜翻了一页乐谱。“我去过那儿，”她说。“比多数地方都好。”

来吧，来到这长满青苔的岸边，聊一聊我们美妙的爱情……

“你听我说啊，”伯纳道。“四个伦敦青年。加拉格尔，奎恩，欧洛克和凯利。他们是第三代或第四代爱尔兰人。说的是伦敦口音。上的是同一所学校。还是所不错的综合性学校。负责逮捕的警官光看他们的名字就觉得他们是捣蛋鬼，所以他根本懒得再去调查另外四个人。因此，皇家检察署也认定他们是共同犯罪。这个罪名他们向来只安在帮派团伙上。事情解决得干净利索。图省事儿，一了百了。”

“马克，”她轻声道。“我们该练习了。”

“我马上讲完了。”

事件发生时，两台监控录像完整地拍下了斗殴的全过程。

“拍摄角度堪称完美。看得到每个人。画面颜色虽然比较暗，却清晰得很。大导演马丁·斯科塞斯恐怕也拍不了这么好的画面。”

伯纳花了四天时间反复琢磨这个案子，一遍又一遍地播放录像，记住两个监控录像拍下的这场八分钟斗殴的每一个画面，记住他的当事人和其余七个人的每一个动作。他观察了这帮青年一开始动手的过程，当时他们站在一条宽阔的人行道上，在一家关闭的商店和一个电话亭中间，双方恶语相加，互相推搡，看起来都气喘吁吁的，恶狠狠地吓唬对方。一群人被打得东倒西歪，甚至一度摔出了护栏，冲到了路面上。能看见一只手抓住了某个人的前臂，另一只手的掌根又推了某人肩膀一把。此时，站在这群人最后面的韦恩·加拉格尔举起一只胳膊，不幸地挥出了第一拳，接着又是一拳。但他离众人太远，拳头又挥得太高，另一只手里握着的啤酒罐还干扰了他的动作，导致他这几拳毫无效用，被他打的那个人几乎没有察觉。到了这个时候，这群人凌乱地散成了两堆。在这个时候，仍处在这群人外围的加拉格尔，扔出了他的啤酒罐。这是一次低空投掷。被他瞄准的那人用手抹去翻领上溅到的啤酒污渍。作为还击，另外四人中的一人转过身来，重重地往加拉格尔脸上闷了一拳，打破了他的嘴唇，他也就结束了这次斗殴。他站在原地，只觉得天旋地转，然后离开打斗现场，监控画面里便不再有他。

没有他，可这场群架仍在继续。他们的一位校友欧洛克此时插了进来，一拳把打了加拉格尔的那人掀翻在地。那人一倒地，另一个朋友凯利上来就是一脚，踢断了他的下颌。半分钟后，第二个人倒下了，这回是奎恩，踢断了他的颧骨。警察赶到的时候，打伤加拉格尔的那个人站了起来，转身就逃，藏到他女友的公寓里。他害怕因此会被逮捕并丢掉饭碗。

菲奥娜看了眼手表。“马克……”

“马上就讲完了，夫人。关键是，我的当事人就这么站在原地等着警察。脸上全是血，就像受了多大的冒犯似的。对方都被打骨折了，算得上是重伤。警方以不同罪名起诉了他们四人，但在法庭上，控方却强烈要求以共犯的罪名起诉他们，并要求按量刑指南上的二级重伤标准判刑，也就是要依法判处五到九年。老套路。我的当事人没有致人重伤，却要按照他人犯下的罪行来判刑，而且压根就没人以这个罪名起诉他。他当时并不认罪。其实他本该供认自己只参与了群架，但我那时不在场，没法儿给他建议。法律援助会原本应该把警察当时拍下的他满脸是血的照片给陪审团看的。不过无论如何，那个被打断下颌的家伙后来作为控方证人出庭，却拒绝作被害人陈述。还说他搞不懂为何要如此小题大做。他告诉法官，打完架两天之后，他就去西班牙度假了，根本用不着治疗。顶多是起初几天不得不用吸管喝伏特加而已。就是这样——这都是他的原话。记录在法庭的证言记录中。”

菲奥娜继续听着，伸开手指在键盘上摆好一个和弦，却没有弹下去。我们回家吧，满载野莓而归。

“很显然，我没法改变陪审团的裁决。我讲了整整七十五分钟，试图将韦恩与其余三人区别开来，把重伤程度降到三级，按照量刑指南，就判个三到五年。我还提到那件子虚乌有的强奸案，法律欠他半年的自由，这是强有力的佐证。然后，他原本可以被判处缓刑，这都是这些蠢事引起的。另外三名法律援助律师各自只为他们的当事人陈述了十分钟。最后，格雷厄姆作了总结。这个懒惰的混蛋。好吧，谢天谢地，最终判为三级重伤。可他对共同犯罪这个事儿一点也不松口，完全忘记我之前说的法律亏欠我当事人半年自由的事。四个小青年都被判了两年半的刑期。真是偷懒又不通情理的判决。不过，旁听席上其余三人的父母听完判决后都如释重负地哭了。他们原以为起码得判五年。我想，我帮了他们所有人一个大忙。”

“法官行使了他的自由裁量权缩短了参考刑期。你该觉得幸运了。”菲奥娜道。

“这不是重点，菲奥娜。”

“开始排练吧。我们只剩下不到一个小时的时间了。”

“听我说完。这是我的辞职演说。这些青年都有工作，老天，他们还都是纳税人！更何况我的当事人没有对对方造成任何伤害。就算不说这些，考虑到他现在的处境，他马上就要当爸爸了。凯利在业余时间带一支青少年足球队。欧洛克周末在一家囊肿性纤维化慈善机构上班。这不过是一次针对无辜行人的攻击，是酒吧外的一场扭打罢了。”

她的视线从乐谱上抬起来。“那断了的颧骨怎么说？”

“好吧。是一场发生在成年男子间的斗殴。但把这些青年塞进监狱又有什么意义？加拉格尔不过是挥了无害的两拳，扔了一个差不多空的啤酒罐罢了，就要判他两年半，还要他一辈子都背负致人重伤这个根本就没有人起诉他的罪名。他们要把他送到伊希斯去，那个关押年轻罪犯的地方，你知道的，在贝尔马什监狱的高墙里。我去过那里几次。网上说他们有个‘教育中心’。纯属扯淡！我曾经的一个委托人就被关在那儿，一天得在牢房里待二十三个小时。那些课程每个星期都会被取消。说是人手不足的缘故。格雷厄姆这家伙在庭上摆出一副疲惫的样子，装作很躁烦，听不进任何人的话。他才不在乎这些孩子会怎样呢！把他们扔进这样的垃圾场，任其腐坏，真正学会犯罪。你知道我最大的错是什么吗？”

“是什么？”

“我竟然试图证明这个案子不过是一群人喝高了之后情绪太过激动，你情我愿发生的暴力行为而已。‘如果这四个年轻人是牛津大学布灵顿俱乐部的成员，他们现在就不会出现在您面前了，法官大人。’回到家后，我有种不好的预感，于是翻开《名人录》，在上面查找格雷厄姆。你猜怎么着？”

“我的天哪，马克，你真的需要休假了。”

“面对现实吧，菲奥娜。这根本就是一场该死的阶级斗争！”

“在家事法庭，这种案子根本就是上层阶级说了算。”

不等伯纳回应，她便开始弹奏起开头十个小节轻柔连贯的和弦。她用余光看见他正在戴老花镜。接着，屋里响起了温柔美妙的男高音，完全符合作曲家对此曲演唱“柔和悦耳”

的要求。

当新的季节来临，

当寒冷渐渐消隐……

整整五十五分钟，他们将法律抛到了九霄云外。

＊＊＊

到了十二月举办音乐会的那天，从法院回到家已经六点，她匆忙洗了个澡，换好衣服。听到杰克在厨房里的声音，她便在走回卧室时跟他打了个招呼。他在冰箱旁，正弯着腰，咕哝地应了一声。四十分钟后，她出现在过道里，一袭黑色丝质连衣裙，一双黑色漆皮高跟鞋，穿在她身上可谓锦上添花。她的脖子上戴了串朴素的银项链，喷了左岸香水。从客厅几乎形同虚设的音响里传来钢琴曲的声音，是凯斯·杰瑞的一张老唱片《面对你》中的第一首曲子。她在卧室的门外驻足，倾听着。她已经很久没有听到似曾相识的旋律了。她的左手开始奇怪地随音乐摆动，继而这种摆动变成一股无法停止的力量，就像一台不断加速的蒸汽机车，她已经忘了弹奏能迅速地为她积聚起自信，让她全身心地投入生活之中。只有像杰瑞那样受过古典乐曲训练的音乐家才可以将双手运用得如此娴熟自如。这至少是她的一孔之见。

杰克是在向她暗示什么，因为这是一张构成他们多年前热恋时期背景音乐的唱片（这样的唱片一共有三四张）。在那些期末考试结束后的日子里，在看完清一色由女人出演的《安东尼与克莉奥佩特拉》之后，他劝她留下来在那间有屋檐、舷窗朝东的房间里一起度过他们的第一个夜晚，之后他们又一起度过了许多个夜晚。那时她才明白“性狂喜”不只是一个夸大的字眼。也是在那时，是她自七岁之后，第一次在愉悦中尖叫。她向后远远地翻滚到他不在的地方，之后，他们并肩躺在床上，把被子盖到腰部，好像镜头中交欢之后的电影明星，他们一起嘲笑她刚刚发出的喧叫。所幸楼下房间里没有人。那时的杰克留一头长发，冷静自持，告诉她这是他获得的最高赞赏了。她对他说，她无法想象她该如何恢复力气，令她的脊柱、她的骨头回到原状。如果她还能活过来就好了。但实际上她一次次地醒过来了。她还年轻。

在那期间，当他们没有一起在床上的时候，他觉得自己也许可以用爵士乐再诱惑她一番。他对她的演奏赞不绝口，但更想赞赏的是她能摆脱严苛的乐谱和那些早已过世的天才的束缚。他把塞隆尼斯·蒙克的《午夜圆舞曲》放给她听，还给她买了这支曲子的乐谱。这首曲子不难弹奏。但她的演奏平淡无奇，听上去就像是德彪西的一首不起眼的作品。

杰克告诉她，这没关系。那些伟大的爵士乐大师都很崇拜蒙克，都从他那里学到很多东西。她反复聆听，坚持不懈，她能够弹奏所有摆在她面前的曲子，但她就是弹不了爵士乐。没有节奏，对切分音毫无直觉，没有畅达自如，她的手指只是麻木地服从谱子上写的拍号和音符。她告诉她的爱人，这正是她学习法律的原因。尊重规则。

她放弃了，但她仍然学着去听，杰瑞是她最为欣赏的。她还带着杰克去罗马圆形大剧场听杰瑞的演奏。杰瑞流畅的技巧，如莫扎特般丰赡的创意抒情曲毫不费力地奔泻而出，这么多年过去了，这一切却还历历在目，仍然能让她身临其境，提醒着她曾经她和杰克是那么的快乐。这音乐是精心挑选的。

她沿着门厅走，又一次在起居室的入口驻足。杰克一直在忙碌。几盏灯的灯泡早已过了有效期，也终于亮了起来。房间里点了几支蜡烛。窗帘已经拉上，冬夜的丝丝小雨就被挡在了窗外。一年多来的第一次，壁炉里生好了火，木头和煤噼噼啪啪地燃烧着。杰克站在壁炉边，手里拿着一瓶香槟。在他面前，一张矮桌上，放着一盘意大利熏火腿、炖牛肉卷和奶酪。

他穿着一身黑色西装，白衬衫，没打领带。头发光泽依旧。他走了过来，将一只笛状的香槟酒杯递给她，并把它倒满，又给自己倒上。当他们举杯相碰时，他表情肃穆。

“我们没多少时间了。”

她以为他的意思是他们马上就得赶去大礼堂了。去音乐会前喝酒，真是疯了，但她并不在乎。她又喝了一大口，跟着他走到壁炉前。他把盘子递给她，她尝了一块帕尔玛干酪，他们站在壁炉两侧，斜靠在壁炉台前。像是硕大的装饰品，她想着。

他说：“谁知道还有多久呢。没几年了吧。我们要不重新开始生活，真正的生活，要不就选择放弃，承认这从头到尾就是个悲剧。”

他这是老调重弹：及时行乐。她举起杯子，神情冷峻地说道：“为重新开始生活干杯。”

她察觉到他表情的细微变化。如释重负，而除此之外，还有某种更强烈的东西。

他又给她斟满酒。“我说这裙子真漂亮。你看上去美极了。”

“谢谢。”

他们四目相对，然后靠近对方，相互亲吻。他们再一次接吻。他的手轻轻地放在她的腰背上，但他并没有像以前那样顺势将手一下子滑至她的大腿间。他是在分阶段进行,他的细致入微触动了她。如果他们没有音乐和社会责任的制约,她不会怀疑这一解脱将把他们引向何方。可是她的乐谱在她身后的沙发上,而他们理应保持衣冠齐整。于是他们再次紧紧相拥,亲吻对方,然后分开,拿起酒杯,默默碰了碰,一饮而尽。

他用一个灵巧的弹簧装置把香槟封好,这个小东西是她在多年前的圣诞节送给他的。"留着以后喝吧,"他说,说完两人都笑了。

他们拿好各自的外套,便出门了。她挽着丈夫的胳膊走向门厅,好让踩着高跟鞋的自己稳当些。他举着伞,却殷勤地只撑在她的头上。

"你是演奏家,"他说。"是穿着真丝连衣裙的演奏家。"

大约有一百五十个人手持酒杯站着聊天嬉笑,声音嘈杂。椅子都已经摆好,但还没有人入座。舞台上,一架法奇奥里钢琴和一个乐谱架也已就位。格雷律师学院的成员、律师学院主管委员、与她在工作上打交道的和她社交圈中的大部分人今天齐聚一堂。三十多年来,她与几十位人士并肩共事或针锋相对,在这儿都能看到他们。各种社会名流,许多均为外院人士,来自林肯、内殿或中殿律师学院——包括最高法院的首席法官、几位高等法院法官、两位最高法院法官、首席检察官，以及二十位赫赫有名的出庭律师。这些裁定他人命运和剥夺公民自由的执法者，很有幽默感，且三句话不离本行。大厅里人声鼎沸。没几分钟，她和杰克就已经看不到对方了。有人走上前来，想向他请教拉丁语。她则被拉进了一场针对一位古怪的主事官朋友的八卦。她站在原地，几乎都不需要走动。不断有朋友过来拥抱她，祝她好运，还有的同她握手。在音乐会之前安排一场聚会，这真是格雷律师学院主管委员会的一项妙举。菲奥娜希望，葡萄酒能让这些听惯了威格莫尔音乐厅里音乐的人们，对她的演奏少一些苛刻。

当端着银托盘的侍者走近时，她心情好极了，顺手拿了一杯酒。这时，马克·伯纳出现在她的视线里。他大约离她五十英尺左右，隔了近一百个人，他朝她摇摇手指，示意她别喝了。当然，他是对的。她向他举起酒杯，小抿了一口。她的一位朋友，英国最高法院的中坚分子，要给她介绍一位"杰出的"律师，这位律师凑巧是他的侄子。在这位自豪的舅舅的注视下，她热切地询问了这位瘦弱又带着可怜的口吃的年轻人。正当她开始希望能与一些更有生气的人待在一起时，她的一位早就认识的中殿律师学院的女性朋友突然闯了进来。她跟她拥抱，随即把她带到一群叽叽喳喳的年轻女律师堆里。她们对她说——虽然是有些开玩笑——好差事从来轮不到她们，只会分配给男人们。

引座员穿过人群，宣布音乐会即将开始。众人不情愿地走向各自的座位。一开始要把美酒和闲聊换成庄严的音乐确实有些困难。但随着玻璃酒杯挨个被收回，喧闹声也渐渐平息。正当她走向舞台右侧角落的台阶时，突然感到有只手搭在她的肩上，她转过身来。看见那是玛莎·朗文那件案子里的舍伍德·朗西。出于某种原因，他打了黑领带。这身制服让上了年纪、大腹便便的男人显得既拘束又可怜。他把手放在她的胳膊上，想给她透露一桩尚未见报的趣事。她把身子前倾，好听清他的话。但她的心思早已在音乐会上，心也已渐渐绷紧。她发现自己很难集中精神去听他说什么，虽然她觉得她已经听明白了。就在她请求这位法官再重复一遍时，她意识到马克已经站在她的前面，正转身焦急地对她做着手势。她站直身子，谢过朗西，跟着她的男高音走向了舞台。

他们站在台阶脚，等待观众安静下来，等待示意他们可以开始的信号。马克问她："你还好吗?"

"很好。怎么了?"

“你一脸苍白。”

“嗯。”

她不由自主地用一只手的指尖碰了碰头发，另一只手拿着乐谱，她把它拽得更紧了。难道她看上去醉醺醺的？她想了想自己都喝了什么。还没喝完第三杯白葡萄酒的时候，马克就告诫了她，所以总共才喝了两杯左右。她不会有问题的。他扶着她走向台阶，在他们上台站在钢琴旁，向观众鞠躬点头之际，他们获得了如同为主场球队预留的掌声。毕竟，这是他们在大礼堂的第五场圣诞音乐会。

当她坐定，摆好面前的琴谱，调整好琴凳后，她深吸了一口气，再轻轻地吐出来，想把之前谈话的只言片语统统抹去，把那位说话结结巴巴的律师和那帮性格活泼却谋不到好工作的年轻女人抛之脑后。当然，还有朗西。不。没时间想这些了。马克朝她点了点头，示意他已准备就绪。随即她的手指便在这庞大的乐器上弹奏起来，摇摆的和弦悠悠地流淌而出，她的思绪仿佛也跟随其后。男高音的开场极其完美，几小节过后，他们旨意相融，这份默契在排练中几乎未曾有过。他们不再专注于简单地把音唱好弹对，而是能够毫不费力地融入到音乐当中去。她突然觉得自己喝的酒真是不多不少，恰到好处。法奇奥里钢琴优雅而深沉的力量令她振奋。她和马克仿佛顺着音符之流悠然而下。他的嗓音在她听来更加温润，音准很好，没有了他有时会出现的不和谐的颤音，可以畅快地捕捉柏辽兹的《维拉内拉诗》套曲中的欢愉，还有之后在《哀歌》中那急速下降的歌词中的悲哀，“啊！无爱地走向海洋！”她得关注自己的演奏。当她的手指触碰琴键时，她感觉仿佛坐在观众的后面，听着自己的演奏，好像她唯一需要做的就是出场。她和马克一起进入了一个音乐创作的无限空间，超越了时间和功利。她这才隐约地察觉到，有某种东西在等着她回归，因为它隐藏得很深，像是熟悉场景中一个陌生的小点儿。也许它不在那里，也许它并不是真的。

他们好像从一场梦中出现，肩并肩地站着，再次面对观众。掌声如雷，但其实一直如此。大礼堂总是展现出慷慨的一面，如果是更轰动的表演，掌声往往会更加热烈。当她遇上马克的目光时，看到了他眼中的闪光，她这才确定他们已经突破了普通业余表演的范畴。他们真正地为这首曲子注入了新意。如果观众中有一位他想极力取悦的女士，那么她一定已经被这古典曲风深深吸引，并且肯定会爱上他。

之后他们又回到各自的位置上，准备演奏马勒的作品，此时，全场突然安静下来。她先独自弹奏。长长的序曲徐徐展开，仿佛是这位钢琴家的创作。在无限的耐心中，试探性地响起两个音，重复了一下，加入另一个音，这三个音又重复了一下，当第四个音响起时，这一行谱子才最终华丽地向上一扬，奏出这位作曲家所谱写的最为曼妙的旋律。成为众人瞩目的焦点并没有让她觉得不适。她甚至努力去达到一流钢琴家的水准，用几个中央C以上的音符弹奏出银铃般的脆音。此外，她深信自己的演奏已足以让听众觉得他们听到的是管弦乐版的竖琴声。而马克一开嗓，就表现得沉着冷静。出于某种原因，他坚持用英语而不是德语演唱，这一自由唯独业余爱好者才能享有。这样做的益处是，大家即刻会谅解一个正在远离尘嚣的人。对这一世界而言，我真的与死人无异。这对搭档感觉到他们已经抓住了观众的心，他们的表演愈加上乘。菲奥娜也知道，她正迈着庄重的步伐向某个可怖的目标挺进。这是真的，这又不是真的。只有音乐停止时，她才会知晓答案，才会直面应对。

掌声再起，他们微微鞠躬谢幕。此刻，响起观众们要求加演的呼声，人群中甚至有些踏脚声，声音越来越响。两位表演者看着彼此，马克的眼中泛着泪花。她感觉自己脸上的笑容很僵硬。当她回到琴凳上时，她的嘴里有股金属的味道。观众安静下来。她花了几秒钟时间调整自己，双手放在膝盖上，低着头，不去看自己的搭档。当初，他们从众多纪念曲中挑选了舒伯特的《致音乐》。这是他们往日最爱的曲子，总能把它演绎好。她将双手放在琴键上，但仍然没有抬起头。整个大厅一片寂静。最后，她终于开始了。序曲的演奏仿佛得到了舒伯特魂灵的庇佑。高声部的三个音落下，低声部柔和的和弦呼应着，再次低音，然后与另一只手融合在一起。低沉的复调在背景里起伏回荡，也许这曲调中兼有柏辽兹的成分。谁知道呢？甚至马勒的曲子都接受了阴郁的曲风，说不定在这种情形下助了布里顿一臂之力。菲奥娜并没有向马克致歉。她的脸和刚才的笑容一样僵硬，眼睛只盯着自己的双手。马克只有寥寥几秒时间重新整理思路，但很快他吸了口气，便又笑容满面，音调也十分悦耳，第二节中更是婉转风雅。

在远方河畔旷野，我与吾爱并肩伫立，
在我微倾的肩膀，她搭上纯白的手臂。
她嘱我淡然生活，像青草滋长于岸堤。
但当时年少无知，如今早已泪眼凄凄。

观众总是不吝赞美，但很少有人起立喝彩。这样的场景只会出现在流行音乐演唱会上，欢呼声、口哨声此起彼伏。

但是，此刻，这样的场景出现了，只有几位较年长的法官有些许犹豫。一些热情的年轻人高声喝彩，吹着口哨。但台上只有马克·伯纳一个人接受这份赞美。他一只手放在钢琴上，点头微笑以示感谢，同时又关切地注视着他的钢琴师。而此时她已快步穿过舞台，目光盯着自己的双脚，走下台阶，从等待上台演奏弦乐四重奏的演员们身边挤过，匆匆奔向出口。大家普遍认为，这一整个经历对她来说异常紧张，在场的法官和他们的朋友都深表同情，所以当她经过他们身前时，他们的掌声更响了。

* * *

菲奥娜找到自己的外套，无视刚下的倾盆大雨，踩着高跟鞋疾步向公寓奔去。客厅里，她和杰克出门时粗心忘了熄灭的几支蜡烛依然亮着。她依然穿着外套，湿漉漉的头发紧贴着头皮，雨水顺着她的脖子淌到后腰背上，她就那样呆呆地站着，在极力回想一个女人的名字。从她最后一次想起她到现在，已经发生了太多的事情。她的脑海里浮现出一张脸庞，耳边响起一个声音。想起来了。玛丽娜·格林。菲奥娜从包里掏出手机，拨了出去。她为在非上班时间致电给她向她道歉。她们只简短地说了几句，因为电话那头传来婴儿的尖叫声，而这位年轻女子听上去既疲惫又焦虑。是的，她可以确定。那是四周前。她提供了她所知的寥寥细节，还说她对审判法官并不知情深感意外。

她仍然站在原地，目光毫无缘由地凝视着她丈夫准备的一盘菜肴上，所幸她的脑子已一片空白。她刚刚弹奏的音乐，此刻并没有像往常一样在她的脑中回荡。她已经忘记音乐会的事情。如果可以控制大脑神经不去思考的话，她此刻毫无念想。几分钟过去了。她无法得知到底过了多久。突然，身后有个声音，她回过头去。壁炉中的火苗在做最后的苦苦挣扎，终于坍塌了。她走过去，跪了下来，想将它重新点旺，她用手指而不是钳子撩拨木块和煤块，把它们放在仍然灼热的部位或是那附近。她用力吹了三次，一小块松木才被点燃，火苗传到旁边两块较大的木块。她注视着这一切，身子凑得更近，好让这微小的火苗填充她的视野。火苗掠过周遭黑漆漆的煤块，向一侧扭动着，舔擦着。

最后，她的脑子里出现两个纠缠不休的问题：你为什么不告诉我？你为什么不向我求助？有个她自己想象出来的声音做出了回答：我有啊。她站起身来，走向卧室，这才感觉到臀部隐隐作痛。她要重新拿起那首藏在床头柜里的诗歌，它已经躺在那儿六个月了。诗里那充满戏剧性的语调，拘谨地呼告着追逐自由，把沉重的十字架扔到河里，接受纯洁的亲吻，这些被认为是精神上如恶魔般的东西，再一次打消了她继续读下去的念头。基督教物品——十字架、南欧紫荆[①]、黄瓶子草——不免有种阴森森、令人窒息的感觉。而她就是那株唐菖蒲，那条鳞片上有着五彩斑纹的鱼，那个让诗人误入歧途又亲吻了他的危险人物。是的，就是那一吻。是她心里的愧疚，让她置身事外。

她再一次蹲在火堆旁，把这首诗放在身前的布哈拉地毯上。她沾了煤灰的手指在这一页的最上端抹了个手印。她直接跳到了最后一节——耶稣奇迹般地站在河上，宣告鱼就是魔鬼撒旦邪恶的化身，而诗人“必须付出代价”。

> 她的吻就是犹大之吻，她的吻泄露了我之名。
>
> 愿他

她伸手去拿放在她身后桌子上的眼镜，凑近去看清那些打叉和画圈的文字。“刀”被划掉了，“付”、“让他”和“责怪”也被划去。“他自己”这个词被划掉，重新写上，又再一次被

---

① 相传出卖耶稣的犹大自缢于此树上。

删去。“不准”被改为“必须”，“下沉”改为“淹没”。“但愿”没有画增添字词的气球形字圈，而是孤零零地飘浮在这堆被修改字词的上方，有个箭头指示它应代替“和”。她在慢慢熟悉他的书写方法及其笔迹。后来她终于搞明白，看了个真切。在这些精挑细选的词语之间，甚至有一条蜿蜒曲折的连线。上帝之子下了一条咒语：

但愿亲手淹没我十字架的人被置于死地。

听到前门打开时，她没有转过身子。杰克穿过客厅去厨房时瞥了她一眼，他以为她在生火。

“把火生旺点，”他喊道。过了会儿，他的声音从更远处传来：“你真是太棒了！大家都很喜欢。太动人了！”

当他拿着香槟和两只玻璃杯回来时，她已经起身脱掉外套，把外套扔在椅背上，脱下鞋子。她一动不动地站在房间中央，等待着。当他把一只杯子递给她，她伸手等待他倒酒时，他并没注意到她苍白的脸。

“你的头发。我给你拿块毛巾吧？”

“它自己会干的。”

他打开金属盖子，给她倒满酒，然后给自己倒上。他放下酒杯，走到火堆旁，倒光煤桶里的煤，又加了三根大大的短棍木柴，就像印第安人做的那样。他打开音响，再一次播放起杰瑞的音乐。

她低声说："杰克，现在别放。"

"当然。过了今晚！我真蠢。"

她明白，他希望他们可以尽快回到音乐会前的状态，她对他深怀歉意。他在尽力而为。过一会儿他就会想亲她。他回到她身边；音响一关掉，寂静便在她耳畔嘶嘶作响，他们在沉默中碰杯，喝酒。之后他谈起她和马克的表演，告诉她当他们最后站在那里时他流下了自豪的泪水，他还告诉她人们之后说了些什么。

"演出很顺利，"她说。"我很高兴演出很顺利。"

杰克不是音乐家，他的喜好仅限于爵士和布鲁斯，但他能头头是道地谈论音乐会，清楚地记得一首首曲子。比如柏辽兹的《夏夜》是一曲神示。其中的《哀歌》特别打动他，他甚至懂法语歌词。马勒的作品他还需要再听听，因为他感觉其中蕴含太多的情感，但他不能一下子都领会，产生共鸣。他很庆幸马克选择用英语演唱。虽然每个人都渴望逃离这个世界，但很少有人真正有这胆量。她神色凝重地听着，或者说看上去是这样，时而简短的回应、点头。她感觉自己就像一个住院病人，满心期待那好心的探望者离开，好让她能继续养病。壁炉里的火燃了起来，杰克注意到她在颤抖。他把她引到壁炉旁，把剩下的香槟全倒入她的杯中。

他们在这个社区已经住了很长一段时间，因此他和她一样熟识格雷律师学院的那些法官。他开始同她聊起他晚上碰到的那几个人。这个社区组织紧密，左邻右舍都喜欢这种彼此紧密相连的感觉。在深夜时分做事后剖析，是他们共同生活的一大特色。对她来说，继续时不时地咕哝几句以作回应，并非难事。杰克仍然兴高采烈，为她的表演，为他认为接下来要发生的事情激动不已。他告诉她有个刑事律师，那人在和别人合建一所免费就读的学校。他们需要把校训“每个孩子都是天才”翻译成拉丁语，至多三个词，以便缝制在校服上，校训上方是一只浴火凤凰的图案。这一问题倒很吸引人。天才乃十八世纪的概念，而拉丁语中表示“孩子”的大部分词语都是有性别区分的。杰克想出了一个“Cuiusque parvuli ingenium”——表意上没有“天才”那么强烈，但天赋和能力也已经恰当地表达了出来。关键是，“parvuli”这个词也可包括女孩。然后这位律师问他是否有兴趣给十一至十六岁能力各异的孩子们开一门生动的拉丁语课程。这充满挑战，无法拒绝。

她面无表情地听着。她的孩子是绝不会佩戴这样了不起的徽章的。她意识到自己太不堪一击了。

她说:"那倒真是件好事。"

他听出了她没精打采的语气,疑惑地看着她。

"发生什么事了吧。"

"我没事。"

他皱起眉头,想起自己刚才没问的问题,说道:"结束时你为什么一走了之?"

她犹豫片刻。"我受不了。"

"在他们都起立的时候吗?那时我几乎要失声痛哭。"

"是最后一首歌。"

"马勒的曲子。"

"《柳园里》。"

他摆出一副顽皮且疑惑的神情。他以前听她和马克一起排演了十多次。"怎么会这样?"

他的态度也有点不耐烦。他想践行承诺,过一个美好的夜晚,想让他们的婚姻回到以前的状态,想亲吻她,想再打开一瓶酒,想拥她上床,想让他们之间的一切重新变得顺畅自然。她很了解他,明白这一切。她再次为他难过,但她似乎离这难过还有很远的距离。

她开口道："一段记忆。夏日的记忆。"

"是吗？"他的语气只透出淡淡的好奇。

"有个年轻人用小提琴给我弹奏了那首曲子。当时是在医院里，他正在学这首曲子。我跟着唱。我想我们是制造了一些噪音。之后他还想再拉一遍，但我得走了。"

杰克无心猜谜。他极力克制住声音中的愤怒。"从头道来。他是谁？"

"一个非常怪异、漂亮的年轻人。"她含含糊糊地答道，声音越来越轻。

"还有呢？"

"我暂时休庭，到他的病床前去看望他。你该记得的吧。耶和华见证人，他病得很重，拒绝治疗。报上有登载过。"

如果他需要提醒，那是因为那是他在梅勒妮的卧室里。否则他们肯定会谈论这件案子的。

他坚定地说："我想我记得。"

"我请求医院给他治疗，后来他康复了。审判已经……对他产生影响。"

火越烧越旺，散发出灼人的热度。他们仍像之前那样，站在火堆两侧。她低头盯着火焰。"我感觉……我感觉他对我颇有好感。"

杰克放下空杯子。“继续往下说。”

“我在作巡回审判时，他一路跟踪我到纽卡斯尔。而我……”她不打算告诉他在那儿发生了什么，但随即又改变了主意。现在已没必要隐瞒什么了。“他冒雨来找我……我做了一件很傻的事。在酒店里。我不知道自己当时怎么了……我吻了他。是的，我吻了他。”

他后退一步，好离灼热的火堆远点儿，或者说离她远点儿。她已不再在乎。

她喃喃自语。“他是天底下最可爱的人。他想来跟我们一起住呢。”

“我们？”

杰克·迈耶成长于思潮激荡的二十世纪七十年代。他的整个成年岁月都在大学教书。他深谙双重标准不合逻辑，但知道归知道，那并不能给他任何庇护。她看到了他脸上的愤怒，下颌的肌肉绷得紧紧的，眼神冷酷。

“他以为我可以改变他的人生。我觉得他是想把我认作某一类精神导师。他以为我可以……他是那么热切，对生活、对一切充满渴望。而我没有……”

“所以你就吻了他，而他想跟你一起生活。你到底想告诉我什么？”

“我把他送走了。”她摇了摇头，一时语塞。

然后她看了一眼杰克。他站得离她很远，足有数英尺，手臂交叉着，他那依旧英俊、敦厚的脸此刻十分僵硬，满是怒气。一撮卷曲的银色胸毛从他的开领衬衫探出来。有时她看到他用梳子梳理它。这个充斥着细枝末节与人性弱点的世界快要把她压垮了，她不得不把视线移开。

只有此刻，当雨停的时候，他们才意识到大雨在一直击打着窗户。

杰克打破了这深沉的寂默：“那后来怎么了？现在他在哪儿？”

她平静地说道：“今晚，我听朗西讲，几周前他的白血病复发，被送往了医院。人们想要给他输血，他拒绝了。那是他自己的决定。他已十八岁，谁也没办法劝导他。他断然拒绝，他的肺里充满了血，然后死了。”

“所以，他是为自己的信念而死的。”她丈夫的声音冰冷冷的。

她困惑地看着他。她意识到她根本就没有为自己解释，她有太多东西没有告诉他。

“我认为那是自杀。”

有几秒钟谁也没有说话。他们听到广场上人们的说话声、笑声和脚步声。音乐会结束了。

他轻轻地清了清嗓子。“你爱他吗，菲奥娜?”

这个问题简直让她崩溃。她发出一声可怖的声音，一阵压抑的怒吼。“噢，杰克，他只是个孩子！一个男孩。一个可爱的男孩!”说完她终于开始哭泣，站在火堆旁，手臂无助地垂在两侧，而他注视着她，震惊地看着他一直很持重的妻子此刻沉浸在极端的悲痛之中。

她已经无法出声，也无法停止哭泣，她不想再被他这么看着。于是她弯腰拿起鞋子，只穿了袜子跑过客厅，穿过走廊。她离他越远，哭声越响。她跑到卧室，砰地关上门，没有开灯，一头栽倒在床上，把脸埋进枕头。

* * *

她梦见自己沿着无尽的垂直梯子往上爬，半小时后，她醒来时已不记得自己曾沉沉入睡。恍惚中，她侧卧着，面朝房门。走廊里的一丝灯光，透过门与地面的缝隙射了进来，令她略感安心。但她眼前想象的场景却让她深感不安。亚当又病了，虚弱的他回到家，回到了挚爱他的父母中间，见到了和蔼的长辈，最终回归了他的信仰。或者利用信仰作为毁灭自己的绝妙掩护。但愿亲手淹没我十字架的人被置于死地。在微弱的灯光下，她仿佛看到了他，一如她在重症监护室中看到的他一样。那苍白削瘦的脸庞，蓝紫色大眼睛下面那紫色的阴影。舌头结成一块，双臂僵硬得如同棍子一般，他已经病入膏肓，决意面对死亡，似乎死亡是那么迷人、充满生机，他写的一页页诗篇洒落在病床。当她不得不回到法庭时，他恳求她留下来，再次奏响他们的曲子。

在法庭上，她以其地位的权威与尊贵，为他的前方铺就了生命和爱，而非死亡，还为他抵御宗教保驾护航。没了信仰，这世界在他的心目中该是多么开阔、美丽而令人惊叹。这样想着，她又悄然地陷入沉睡之中。几分钟后，她被外面水槽中雨水的浅叹低唱吵醒了。这雨何时才会停呢？她看到那个孤独的身影走在通往利德曼府邸的车道上，弯腰迎向暴风雨，在黑暗中前行，一路听见一根根树枝掉落的声音。他一定看到了前面屋子里的灯光，知道她在里面。他哆哆嗦嗦地站在外屋，踌躇徘徊，在等待可以和她说话的机会，冒着一切风险为了追求——到底追求什么呢？他一心以为自己可以从一个六旬女人那里得到他想要的东西，而这个女人一辈子也从未冒过任何险，除了很久以前在纽卡斯尔发生的那一段鲁莽的插曲。她本该感到很荣幸的，也已准备就绪。可是，在不可饶恕的强烈冲动下，她吻了他，又把他支走。然后她自己也落跑了。没有给他回信，没有破译出他诗中的暗示。当初她怕丢名失誉，此时她是多么羞愧啊。她犯的过失并不在纪律小组的管辖之内。亚当一路来找她，而她作为他心目中的宗教庇护之所，什么也没有给他，没有给他提供任何护佑，虽然法案很明确，虽然她首要考虑的是他的福祉。福祉这个词，她在多少份判决书中都提到过啊？福祉，安康，是社会性的。孩童绝非是一座孤岛。她以为自己的职责仅止于法庭之内。可那怎么可能呢？他来寻找她，想要的是每个普通人所想要的，也只有思想自由者而非超自然的神人才能给予。他只想探求真谛。

她换了个姿势，这才感觉到贴着脸的枕头濡湿、冰冷。此刻，她已完全醒了。她把湿枕头推至一边，伸手去拿另一个，却冷不丁地触到一具温暖的躯体。它横展在她身旁，挨着她的背部。她转过身。杰克侧躺着，头枕在一只手上。他用另一只手拨开她眼前的头发。这是个温柔的举动。借着过道的灯光，她刚好能看清他的脸庞。

“我一直在看着你睡。”他只说了这么一句。

过了一会，好一会儿，她轻轻地说了句“谢谢”。

她问他，假如她把整件事一五一十地告诉他，他是否还会爱她。这是个无法回答的问题，因为他几乎什么都不知情。她觉得他会试图说服她，说她没有必要歉疚。

他把手放在她肩上，将她揽入怀中。“当然会。”

昏暗中，他们面对面地躺着。窗外，被大雨洗净的都市已安然融入柔和的小夜曲中，而他们的婚姻在忐忑中继续前行。她娓娓地向他倾诉她的羞愧，向他讲述那位可爱男孩对生命的渴望，向他坦陈她对他的死所负的责任。

致　谢

没有上诉法院的艾伦·沃德爵士，这部小说断然不会问世。他是一位集睿智、风趣和慈悲于一体的法官。我讲述的故事源于他 1990 年在高等法院和 2000 年在上诉法院主持审理的两宗案子。然而，书中的人物及其观点、个性和境况与这两宗案子中的当事人没有丝毫关联。艾伦爵士不吝指教，向我历陈种种法规法条，细说高等法院法官的日常事务，本人万分感激。他还拨冗审读初稿并提出意见，我也深表谢意。书中如有任何差错，概由本人负责。

同样地，我也援引了詹姆斯·芒比爵士于 2012 年撰写的一份文采斐然的判决书。再则，我笔下的人物全然是虚构的，与那宗案子中的参与者毫无雷同。

我要感谢牛津大学博德利图书馆的布鲁斯·巴克-本费尔德和道迪街律师事务所的詹姆斯·伍德的高见。我也庆幸自己读了出庭律师兼耶和华见证人理查德·丹尼尔撰写的“办事情，不流血”一文，此文汪洋恣意，发人深省。最后，我要感激安纳丽娜·麦卡菲、提姆·加顿·阿什和亚历克斯·鲍勒的细致审读和有益建议。

伊恩·麦克尤恩

图书在版编目(CIP)数据

儿童法案/(英)伊恩·麦克尤恩(Ian McEwan)著；
郭国良译.—上海：上海译文出版社，2017.3(2019.3 重印)
(麦克尤恩作品)
书名原文：The Children Act
ISBN 978-7-5327-7391-6

Ⅰ.①儿… Ⅱ.①伊… ②郭… Ⅲ.①长篇小说—英
国—现代 Ⅳ.①I561.45

中国版本图书馆 CIP 数据核字(2016)第 231183 号

图字：09-2015-334 号

儿童法案
[英] 伊恩·麦克尤恩 著 郭国良 译
策划/冯 涛 责任编辑/宋 玲 装帧设计/张志全工作室

上海译文出版社有限公司出版、发行
网址：www.yiwen.com.cn
200001 上海福建中路 193 号 www.ewen.co
杭州恒力通印务有限公司印刷

开本 787×1092 1/32 印张 7.5 插页 5 字数 102,000
2017 年 3 月第 1 版 2019 年 3 月第 4 次印刷
印数：14,001—17,000 册

ISBN 978-7-5327-7391-6/I·4505
定价：38.00 元